U0095573

俄 罗 斯 法 译 丛

主编 黄道秀 执行主编 王志华

俄罗斯联邦公司法

РОССИЙСКАЯ ФЕДЕРАЦИЯ
ФЕДЕРАЛЬНЫЕ ЗАКОНЫ
О ХОЗЯЙСТВЕННЫХ ОЪЩЕСТВАХ

王志华 /译

北京大学出版社
PEKING UNIVERSITY PRESS

图书在版编目(CIP)数据

俄罗斯联邦公司法/王志华译. —北京:北京大学出版社,2008.10
(俄罗斯法译丛)
ISBN 978 - 7 - 301 - 14284 - 4

Ⅰ.俄…　Ⅱ.王…　Ⅲ.公司法 - 汇编 - 俄罗斯　Ⅳ.D951.222.9

中国版本图书馆 CIP 数据核字(2008)第 147705 号

书　　　　名:俄罗斯联邦公司法
著作责任者:王志华　译
责 任 编 辑:孙战营
标 准 书 号:ISBN 978 - 7 - 301 - 14284 - 4/D · 2142
出 版 发 行:北京大学出版社
地　　　　址:北京市海淀区成府路 205 号　　100871
网　　　　址:http://www.pup.cn
电　　　　话:邮购部 62752015　发行部 62750672　编辑部 62752027
　　　　　　出版部 62754962
电 子 邮 箱:law@ pup.pku.edu.cn
印　　刷　者:北京宏伟双华印刷有限公司
经　销　者:新华书店
　　　　　　730 毫米×980 毫米　16 开本　13.5 印张　187 千字
　　　　　　2008 年 10 月第 1 版　2008 年 10 月第 1 次印刷
定　　　　价:29.00 元

总　序

得知要出版《俄罗斯法译丛》时，心情是很高兴的，对于我们这一代人来说，尤其是对我来说，俄罗斯的法律是一种难以挥去的感情。半个世纪对于历史来说，只不过是短短的一瞬，但对于一个人来说，五十年几乎是人所能工作时间的全部。去年，为了纪念从莫斯科大学毕业五十年，我还特意自费去俄罗斯旧地重游，在旧地重游中力图将过去的影像再翻新重拍，重温青春年代在异乡的火热生活。

五十年前中国的法律一片空白，当时的社会科学，当然更包括法律学，都是"言必称苏联"；五十年后中国的法律一片生机，早已无人谈苏联或俄罗斯了，却大有"言必称美、德"之势。"言必称苏、俄"也好，"言必称美、德"也好，都是一种片面性。《俄罗斯法译丛》的出版也算是对这种片面性的一种纠正吧！

苏联解体了，但俄罗斯的法律并没有解体，它仍然强有力地支撑着俄罗斯的国家、社会、经济的运作。即使是在苏联存在时，它的法律制度也始终受到重视，它没有受到"法律虚无主义"和"砸烂公检法"那样的冲击。法学教育更没有间断，法学著作络绎不绝，不时仍有学法律专业的人担任国家领导人，如今天的普京总统。法律是正常社会中不可或缺的制度和理念，我们需要从一个大国如何用法律维系它的制度生存学习到有益的东西。

苏联解体了，苏联的法律死亡了，但作为其继承主体的俄罗斯法律却重生了。死亡了的是过分僵化的意识形态上的东西，新生的是尊重人权及发扬民主的普世化的东西。俄罗斯的法律既有它继受神圣罗马帝国的历史传统一面，又有它接受国际共同生活准则的现代化一面。我们需要从一个大国的法律制度如何摒弃僵死的内核吸收现代理念中学习到有益的东西。

苏联解体了，俄罗斯经历了一个社会转轨的"痛苦"历程，人们为之付出巨大的代价。社会转轨使得原社会主义国家都面临这一问题，有的采取"休克疗法"，有的采取"摸着石头过河"办法。社会经济生活转轨时必须借助法律调整的手段，大家都在实践生活中感受到法律制度和法治理念在社会经济制度改革和转轨中的巨大作用。我们更需要从原来与我们制度相同的国家如何运用法律实现改革和转轨中学到有益的东西。

苏联解体了，中国与苏联的恩恩怨怨也都随之进入历史了，中苏"蜜月时期"也好，中苏"论战时期"、"敌对时期"也好，都化成烟灰远去了。现在的俄罗斯依然是作为中国最大的邻国存在，中国和俄罗斯两大邻国的客观存在永远也改变不了。两国现在保持着最正常国家间最友好的关系。两国间的经济、文化交往有着很广阔前景，两国经济互补性很强。我们只有更深入了解我们最大的邻居的法律制度，才能更好地迎接和最大邻居（将来可能会是最富的邻居）更好、更多交往的时代。

中国政法大学俄罗斯法律研究中心有着雄厚的俄罗斯法研究力量，20世纪 50 年代末至 60 年代中我曾在外语教研室工作过，和黄道秀教授共事多年。她在苏联、俄罗斯刑法、民法、行政法、诉讼法多个领域均有译著和论文，是苏联和俄罗斯法律的权威，由她领衔这部译丛，肯定是有质量保证的。预祝《俄罗斯法译丛》成功问世，是为序！

江 平

2007 年 10 月 22 日

目　录

俄罗斯联邦有限责任公司法

1998 年 1 月 14 日国家杜马通过

1998 年 1 月 28 日联邦会议批准

1998 年 7 月 11 日第 96 号联邦法修订

1998 年 12 月 31 日第 193 号联邦法修订

2002 年 3 月 21 日第 31 号联邦法修订

2004 年 12 月 29 日第 192 号联邦法修订

2006 年 12 月 18 日第 231 号联邦法修订

2008 年 4 月 29 日第 58 号联邦法修订

第一章　一般规定

第 1 条　本联邦法所调整的关系

1. 根据《俄罗斯联邦民法典》,本联邦法规定有限责任公司的法律地位、其股东的权利和义务、公司设立、改组和清算程序。

2. 银行、保险和投资活动领域以及农产品生产活动领域的有限责任公司的法律地位、设立程序、改组和清算,由联邦法另行特别规定。

3. 与外国投资者或者有外国投资者参加的集团实施的构成对国防和国家安全具有战略意义的有限责任公司注册资本份额和外国投资者或者有外

国投资者参加的集团形成对该公司控制交易有关的关系,由联邦《外国投资保障国防和国家安全战略公司实施程序法》的规定调整。

(2008年4月29日联邦法第58号增加第3款)

第2条　关于有限责任公司的基本规定

1. 由一人或数人设立的、其注册资本由设立文件将确定的金额分为若干份额的经济公司为有限责任公司(下称公司),公司股东不对公司债务承担责任,仅以其出资额为限对与公司活动有关的亏损承担风险。

未足额缴纳公司注册资本出资的公司股东,在公司每一股东未足额缴纳出资部分价值的限度内对公司债务承担连带责任。

2. 公司拥有独立的财产,自负盈亏,可以自己的名义取得财产,行使财产权利和人身非财产权利,履行义务,在法院起诉和应诉。

公司享有从事不为联邦法律所禁止的各种活动所必须的民事权利,并承担民事义务,但其活动对象和目的与公司章程所规定的限制相抵触的除外。

公司只有经过专门许可(许可证)才能从事联邦法律清单中所规定的特种经营活动。如果赋予实施特定种类活动专门许可(许可证)规定的条件要求实施该经营活动属专营性质,则公司在专门许可(许可证)有效期间只有权实施专门许可(许可证)规定种类的经营活动和附带种类的经营活动。

3. 公司自其依照联邦法人国家登记法规定的程序进行登记时起视为法人成立。

公司成立期限没有限制,其章程另有规定的除外。

4. 公司有权依照法定程序在俄罗斯联邦境内和境外开设银行账户。

5. 公司应有一圆形印章,内容包括公司俄文商业名称全称,并标明公司住所。公司印章还可以包含俄罗斯联邦任一民族文字和(或)外国文字的公司商业名称。

公司有权拥有带有公司商业名称、特有标志及按法定程序注册的商标和其他个性化标记的方戳和公文用纸。

第3条　公司责任

1. 公司以其所拥有的全部财产对其债务承担责任。

2. 公司不对其股东的债务承担责任。

3. 在公司因其股东或有权向公司发布指令，或以其他方式能够决定公司活动的其他人的过错导致公司资不抵债（破产）的情况下，如果公司财产不足清偿公司全部债务，可责成上述股东或其他人承担补充责任。

4. 俄罗斯联邦、俄罗斯联邦主体和地方自治组织不对公司债务承担责任。同样，公司对俄罗斯联邦、俄罗斯联邦主体和地方自治组织的债务也不承担责任。

第4条　公司的商业名称及其住所

1. 公司应当拥有俄文商业名称全称，并有权拥有公司商业名称的俄文简称。公司也有权拥有俄罗斯联邦民族文字和（或）外国文字的商业名称全称和（或）简称。

公司俄文的商业名称全称应包含公司商号全称和"有限责任"字样。公司商业名称的俄文简称应包含公司商号全称或简称和"有限责任"字样或"OOO"缩写。

公司的俄文和俄罗斯联邦民族文字商业名称可以包含俄文音译的外来语或俄罗斯联邦民族文字的音译，反映公司组织形式的术语和缩略语除外。

（2006年12月18日联邦法第231号修订）

对公司商业名称的其他要求，由《俄罗斯联邦民法典》规定。

（2008年12月18日联邦法第231号增加本段）

2. 公司以其国家注册地为住所。

（2002年3月21日联邦法第31号修订）

3. 公司应有联系地址，并应当通知法人登记机关。地址变更时亦同。

（2002年3月21日联邦法第31号删除）

第 5 条　分公司和代表处

1. 根据公司代表全体股东表决权总数 2/3 以上多数通过的公司股东会会议决议,公司可以设立分公司和开办代表处,公司章程对通过该种决议的多数表决另有更高规定的除外。

在俄罗斯联邦境内设立分公司和开办代表处,需遵守本联邦法和其他联邦法规定的要求。在俄罗斯联邦境外还需符合设立分公司或开办代表处所在地国家的法律规定,俄罗斯联邦所签署的国际条约另有规定的除外。

2. 分公司为处于公司住所之外并履行公司全部或部分职能、也包括代理职能的公司所属独立分支机构。

3. 公司代表处为处于公司住所之外、代表公司利益并维护公司利益的公司所属的独立分支机构。

4. 分公司和代表处不是法人,按照公司批准的规章开展活动。分公司和代表处的财产由设立公司拨付。

分公司和代表处的负责人由公司任命,并根据其授权开展活动。

分公司和代表处以设立公司的名义从事经营活动。分公司和代表处的经营活动所产生的责任由设立公司承担。

5. 公司章程的内容应包含分公司和代表处的有关事项。公司章程中有关其分公司和代表处事项的变更,需通知法人登记机关。上述公司章程的变更,自该变更通知法人登记机关之时起对第三人发生效力。

第 6 条　子公司和附属公司

1. 公司可根据本联邦法和其他联邦法的规定,在俄罗斯联邦境内设立具有法人资格的子公司和附属公司。在俄罗斯联邦境外设立子公司或附属公司的,还需符合子公司或附属公司所在国家法律的规定,俄罗斯联邦所签署的国际条约另有规定的除外。

2. 如果其他经营公司(母公司),由于在公司的注册资本中拥有一半以上份额,或根据它们之间所签订的协议,或以其他方式能够决定该公司所通过的决议,则该公司为子公司。

3. 子公司不对母公司的债务承担责任。

有权对子公司发布强制性指令的母公司,与子公司为执行该指令所签订的合同承担连带责任。

在因母公司的过错导致子公司资不抵债(破产)的情况下,前者对子公司财产清偿债务不足的部分承担补充责任。

子公司的股东有权要求母公司赔偿因其过错给子公司造成的损失。

4. 如果公司20%以上的注册资本为另一经营公司拥有(持有、参股),则该公司为附属公司。

如果一公司收购另一股份公司超过20%的表决权股或其他有限责任公司超过20%的注册资本,公司应立即在刊登法人登记公告的媒体上公告该信息。

第7条 公司股东

1. 公民和法人可以成为公司股东。

联邦法律可以禁止或限制某些公民入股公司。

2. 国家机关和地方自治机关无权成为公司股东,联邦法另有规定的除外。

公司可由一人发起设立,并成为其唯一股东。公司可以在成立后变更为一人公司。

一人公司不能成为另一一人公司的唯一股东。

本联邦法的条款,只有在本联邦法未作另行规定并与相应关系的实质不相抵触时才适用于一人公司。

3. 公司股东不得超过50人。

如果公司股东超过本款规定的人数,公司应在1年内变更为开放式股份公司或生产合作社。如果在上述的期限内公司未能变更和未减少至本款规定的最低人数,公司即应根据法人国家登记机关的要求,或者联邦法授权可以提出此项要求的其他国家机关或地方自治机关的要求,按照司法程序进行清算。

第8条 公司股东的权利

1．公司股东有权:

依照本联邦法和公司设立文件规定的程序参与管理公司事务;

依照公司设立文件所规定的程序获取公司经营信息和了解公司账簿及其他文件;

参与利润分配;

依照本联邦法和公司章程的规定,将其在注册资本中的份额或部分份额出售或以其他方式让与给公司的一个或几个股东;

无须经其他股东的同意而随时退出公司;

在公司解散的情况下,取得公司与债权人结算后的剩余财产或财产价值。

公司股东还拥有本联邦法规定的其他权利。

2．除本联邦法规定的权利之外,公司章程可规定公司某一(若干)股东的其他权利(附加权利)。上述权利可以在公司设立章程中予以规定,或者由公司股东会会议一致表决通过的决议赋予公司某一(若干)股东。

赋予特定股东的附加权利,在其转让份额(部分份额)时不移转给份额(部分份额)买受人。

根据公司股东会会议一致表决通过的决议,可以终止或限制赋予公司股东的附加权利。根据公司股东表决权总数2/3以上多数表决通过的公司股东会会议决议,可以终止或限制赋予特定公司股东的附加权利,但拥有该附加权利的公司股东应参与决议的投票表决或书面表示同意。

被赋予附加权利的公司股东可以向公司发出书面通知,放弃行使其所享有的附加权利。自公司收到上项通知之时起,该股东附加权利终止。

第9条　公司股东的义务

1. 公司股东应当：

依照本联邦法和公司设立文件规定的程序、金额、构成和期限出资；

不泄露公司经营活动的秘密信息。

公司股东还应承担本联邦法规定的其他义务。

2. 除本联邦法规定的义务之外，公司章程可以规定公司某一股东（若干）的其他（附加义务）义务。上项义务可在公司设立时由公司章程予以规定，或根据公司股东会会议一致表决通过的决议责成全体股东承担。根据公司股东表决权总数 2/3 以上多数表决通过的公司股东会会议决议，可以责成公司某一特定股东承担附加义务，但承担该附加义务的公司股东应参与该决议的投票表决或书面表示同意。

责成公司某一特定股东承担的附加义务，在其转让份额（部分份额）时不移转给份额（部分份额）买受人。

根据公司全体股东一致表决通过的公司股东会会议决议，可以终止附加义务。

第10条　开除公司股东

占公司注册资本总额 10% 以上份额的公司股东，有权要求按照司法程序开除严重违反义务或以自己的行为（不作为）致使公司无法经营或造成实质困难的股东。

第二章　公 司 设 立

第11条　公司设立程序

1. 公司发起人签订设立合同，并签署公司章程。公司设立合同和章程为公司设立文件。

如果公司由一人设立，则其签署的公司章程为公司设立文件。在公司人数增加为 2 人和 2 人以上时,他们应签订设立合同。

公司发起人选举(任命)公司执行机构,并对公司注册资本中非货币出资的货币价值进行评估作价。

批准公司章程的决议以及批准公司发起人出资评估作价的决议,由发起人一致同意通过。依照本联邦法和公司设立文件规定的程序通过发起人其他决议。

2. 公司发起人对与公司设立有关的债务和公司注册前产生的债务承担连带清偿责任。只有在公司股东会会议事后批准公司发起人设立活动的情况下,公司才对其与公司设立有关的债务承担责任。

3. 外国投资者参与公司设立,由联邦法另行规定。

第 12 条 公司设立文件

1. 公司发起人设立合同应规定发起人设立公司的义务,确定设立公司共同活动的方式。设立合同还应规定公司发起人(股东)的组成、公司注册资本额和公司每一发起人(股东)所占份额、出资额和出资构成、设立公司注册资本的出资方式和期限、公司发起人(股东)违反出资义务的责任、公司发起人(股东)之间利润分配的条件和程序、公司机关组成和公司股东退出公司的程序。

2. 公司章程的内容应包括:

公司商业名称的全称和简称;

公司住所;

公司机关的组成和职权,包括公司股东会会议特别职权事项;公司机关作出决议程序,包括全体一致通过或表决权法定多数通过事项;

公司注册资本额;

公司各股东所占份额的金额和面值;

公司股东的权利和义务;

公司股东退出公司的程序和后果;

向他人移转公司注册资本份额（部分份额）的程序；

公司文件保管方法和向公司股东及其他人提供信息的方式；

本联邦法规定的其他事项。

公司章程内容可以包括不与本联邦法和其他联邦法相抵触的其他规定。

3. 应公司股东、监察人或任何利害关系人的要求，公司应在合理的期限内能够让他们了解包括变更内容在内的公司设立文件。公司应根据公司股东的要求向其提供有效的公司设立合同和公司章程副本，公司收取提供副本的费用不得超过其工本费。

4. 公司的设立文件，可根据公司股东会会议决议予以变更。

公司设立文件的变更，应依照本联邦法第 13 条有关公司登记规定的程序进行登记。

公司设立文件的变更，自登记时起对第三人发生效力。在本联邦法规定的情况下，自通知登记机关时起生效。

5. 在公司设立合同与公司章程规定不一致的情况下，公司章程的规定对第三人和公司股东具有优先效力。

第 13 条　公司的国家登记

公司应当依照联邦法人国家登记法规定的程序在法人登记机关进行登记。

第三章　公司注册资本和公司财产

第 14 条　公司注册资本与注册资本份额

1. 公司注册资本由其股东所占份额的面值构成。

公司注册资本额应不少于公司提交登记文件时联邦法确定的 100 个最低劳动报酬额。

公司注册资本额和公司股东所占份额的面值以卢布确定。

公司注册资本确定其财产的最低限额,用以保障其债权人的利益。

2. 公司股东在公司注册资本中的份额以百分比或分数确定。公司股东的份额应与其份额的面值和公司注册资本相符。

公司股东份额的实际价值与其在公司净资产中按比例所占份额的价值部分相一致。

3. 公司章程可以限制公司股东的最高份额。公司章程可以限制对各公司股东所占份额比例作出可能的变更,但该限制不得规定只针对特定公司股东。上述条款可以在公司设立时由公司章程予以规定,还可以根据公司股东一致表决同意所通过的公司股东会会议决议列入公司章程、进行修改和从章程中删除。

第 15 条　公司注册资本的出资

1. 公司注册资本可以用货币、有价证券、实物、财产权利或具有货币价值的其他权利出资。

2. 公司股东的非货币出资和公司接受第三人财产作为公司注册资本的评估作价,应经股东一致表决通过的公司股东会会议决议批准。

如果公司股东交付的作为公司注册资本的非货币出资面值(增加面值),在提交公司登记文件或公司章程作出相应变更时超过联邦法确定的200 个最低劳动报酬额,则该出资应由独立评估人进行评估。公司股东支付的该非货币出资的面值(增加面值)不得超过上述独立评估人确定的评估数额。

在非货币出资列为公司注册资本的情况下,公司股东和独立评估人,自公司登记或公司章程作出相应变更之时起的三年期间内,在超出非货币出资估价的额度内对公司财产不足以清偿的债务承担补充责任。

公司章程可以规定不得作为公司注册资本出资的财产种类。

3. 在作为注册资本交付给公司使用的财产提前终止公司使用权时,交付财产的股东应按照公司要求支付货币补偿金,其补偿额应等于相同条件下剩余期限该财产的使用费。如果公司股东会会议决议未规定支付补偿金的其他程序,该货币补偿金应在公司提出要求的合理期限内一次性支付。公司股东会会议通过该项决议,交付财产作为公司注册资本并提前终止公司财产使用权的公司股东的表决权数不予计算。

公司设立合同可以规定公司股东提前终止作为注册资本交付给公司使用的财产使用权进行补偿的其他方法和程序。

4. 交付财产供公司使用作为注册资本出资的公司股东被开除或退出公司,公司使用该财产至交付时确定的期限届满,设立合同另有规定的除外。

第 16 条　公司设立时注册资本的出资程序

1. 公司各发起人应在设立合同规定的期限内足额缴纳注册资本出资,并自公司登记时起不得超过 1 年。公司各发起人出资的价值应不少于其所占份额的面值。

公司发起人缴纳公司注册资本的义务不得解除,其向公司提出抵销请求时亦然。

2. 公司登记时,发起人缴纳的出资不得少于公司注册资本的一半。

第 17 条　公司增加注册资本

1. 公司只有在足额缴纳出资以后才可增加注册资本。

2. 公司可以其自有财产,和(或)通过公司股东追加出资,和(或)在公司章程未加禁止时通过公司接受第三人出资增加注册资本。

第 18 条　公司以自有财产增加注册资本

1. 公司根据公司股东会会议代表 2/3 以上表决权多数表决通过的决议可以其自有财产增加注册资本,但公司章程对通过该决议规定须经更高必要多数表决通过的除外。

公司作出以公司财产增加注册资本的决议只能以上一年度公司财务报告所提供的数据为依据。

2. 以公司财产增加注册资本的数额不得超过公司净资产值与公司注册资本和公积金之间的差额。

3. 根据本条规定增加公司注册资本,公司所有股东的份额面值按比例增加,其所占份额不变。

第 19 条   股东追加出资和公司接受第三人出资增加注册资本

1. 如果公司章程没有对作出决议规定更高的必要多数,公司股东会会议可以公司股东全体表决权的 2/3 以上多数表决通过以股东追加出资增加公司注册资本的决议。该决议应确定追加出资总额,并针对公司所有股东规定各追加出资股东的追加出资额与其所占份额增加值的统一比例关系。上项比例关系,根据在不超过公司股东追加出资额的限度内其所增加份额的面值确定。

公司各股东有权追加出资,只要其追加出资占追加出资总值部分不超过该股东在公司注册资本中的比例。如果公司章程或公司股东会会议决议无另行规定期限,公司股东追加出资可在本款第 1 段规定的公司股东会会议通过决议之日起 2 个月的期限内追加出资。

公司股东会会议,应自交付追加出资期限届满之日起 1 个月内,对确认公司股东追加出资结果和涉及公司注册资本额增加、交付追加出资的公司股东所占份额面值增加以及必要时涉及公司股东份额变化的变更,作出变更公司设立文件的决议。在此情况下,交付追加出资的公司每一股东所占份额面值,根据上述本款第 1 段规定的比例相应增加。

本款规定的对公司设立文件所作变更的登记文件以及确认公司股东追加出资的文件,应自作出确认公司股东追加出资结果和公司设立文件相应变更的决议之日起 1 个月内提交法人登记机关。上述变更自法人国家登记机关进行登记之日起对公司股东和第三人发生效力。

在不遵守本款第 3 段和第 4 段规定期限的情形下,对公司注册资本的增加不予确认。

2. 公司股东会会议可根据公司某一股东追加出资的申请(若干股东申请)和(或)在公司章程未作禁止规定时,根据某一第三人加入公司和缴纳出资的申请(若干第三人申请)作出增加其注册资本的决议。该决议须经公司全体股东一致表决通过。

公司股东的申请和第三人的申请,应标明出资额和出资构成、缴纳出资的程序和期限,以及公司股东或第三人拟在公司注册资本中拥有的份额。申请中还可标明缴纳出资和加入公司的其他条件。

根据公司某一股东缴纳追加出资的申请(若干股东申请)而决议增加注册资本,应同时对涉及公司注册资本增加和增加某一提出追加出资申请的公司股东(公司若干股东)份额面值的增加,以及在必要时,涉及公司各股东份额变化的变更,作出变更公司设立文件的决议。这样,提出缴纳追加出资申请的公司每一股东所占份额面值的增加额等于或者少于其追加出资额。

根据某一第三人加入公司和缴纳出资的申请(若干第三人申请)而决议增加注册资本,应同时对涉及接受某一第三人(若干第三人)加入公司、确定其份额的面值和额度(他们所占的份额)、公司注册资本的增加和公司股东份额的变化,作出变更公司设立文件的决议。每一加入公司的第三人所获得的份额面值等于或少于其出资额的价值。

本款规定的变更公司设立文件的登记文件,以及确认公司股东足额缴纳追加出资和第三人足额缴纳出资的文件,应自提出申请的公司全体股东足额缴纳追加出资和第三人足额缴纳出资之日起的 1 个月内提交法人国家登记机关,但自本款规定的公司股东会会议作出决议之日起不得超过 6 个月。上项变更,自法人国家登记机关进行登记之日起对公司股东和第三人发生效力。

不遵守本款第 5 段规定的期限,对公司增加注册资本不予确认。

3. 如果增加公司注册资本未能得到确认,公司应在合理的期限内返还公司股东和第三人已缴纳的货币出资。而在上述期限内无法返还时,应依照《俄罗斯联邦民法典》第395条规定的程序和期限支付利息。

对交付非货币出资的公司股东和第三人,公司应在合理的期限内返还其出资。如在上述期限内无法返还时,则应对因其不能使用作为出资交付的财产而失去的收益进行补偿。

第20条　公司注册资本的减少

1. 公司有权减少注册资本。在本联邦法规定的情况下,应当减少注册资本。

公司减少注册资本,可以通过减少公司注册资本中公司全体股东份额面值和(或)注销公司所拥有的份额的方法进行。

如果注册资本减少后,在提交公司章程变更登记文件时其资本额少于本联邦法确定的最低资本限额,则公司无权减少其注册资本。而在本联邦法有规定的情形下,公司在进行登记时应减少其注册资本。

公司通过减少公司全体股东份额面值的方法减少公司的注册资本,应保留公司全体股东的所占份额。

2. 自公司登记之时起1年内公司的注册资本未足额缴纳的,公司应当或宣布减少公司注册资本至实际缴纳的金额,并按法定程序进行减少注册资本的登记,或作出公司进行清算的决议。

3. 如果第二和每下一财政年度结束时,公司的净资产值低于其注册资本,公司应宣布减少注册资本至其净资产值以下,并按照法定程序进行减资登记。

如果第二和每下一财政年度结束时,公司的净资产值低于本联邦法规定的公司登记时的最低资本限额,公司应当进行清算。

公司的净资产值,由联邦法和依据联邦法发布的规范性文件规定的程序确定。

4. 自作出减少注册资本决议之日起30日内,公司应将减少注册资本及其新的资本额书面通知所有已知的公司债权人,并在法人登记机关的媒体上刊登决议公告。在这种情况下,公司债权人自向其发出通知之时起的 30 日内或自公告决议之日起的 30 日内,有权书面要求公司提前清偿或履行相应债务,并要求赔偿损失。

公司只有提供依照本款规定的程序通知债权人的证明,才能进行减少注册资本的登记。

5. 如果依照本条规定,公司未能在合理期限内作出减少注册资本或清算的决议,债权人有权要求公司提前清偿或履行公司债务,并赔偿损失。在这种情况下,法人国家登记机关、或联邦法授权提出该要求的其他国家机关或地方自治机关,有权向法院提出对公司进行清算的请求。

第 21 条　公司股东向其他股东和第三人移转注册资本份额(部分份额)

1. 公司股东有权将其在公司注册资本中的份额或部分份额出售或以其他方式出让给该公司的一个或几个股东,并无须取得公司或公司其他股东对该交易的同意,公司章程另有规定的除外。

2. 如果公司章程未加禁止,公司股东可以出售或以其他方式出让其份额(部分份额)给第三人。

3. 公司股东只能转让其已经足额缴纳的部分份额。

4. 在同等条件下,公司股东按其所占公司份额比例对公司其他股东向第三人转让的出资份额(部分份额)享有优先购买权,公司章程或公司股东协议对行使该权利的程序另有规定的除外。公司章程可以规定,在公司其他股东不行使优先权的情况下,公司对其股东出售的份额(部分份额)享有优先购买权。

意欲向第三人出售其份额(部分份额)的公司股东,应将其出售价格和其他条件书面告知公司其他股东和公司。公司章程可以规定,由公司向股东发出通知。如果公司股东和(或)公司自告知之日起 1 个月内不对所出售的份额全额(所有份额)行使优先购买权,则该份额(部分份额)可以以告知公司及其股东同等的价格和条件出售给第三人,公司章程或公司股东协议对期限另有规定的除外。

按公司股东所占份额比例行使份额（部分份额）优先购买权的行使程序，可以在公司设立时由公司章程规定，并根据公司股东全体一致表决通过的公司股东会会议决议添加、修改和从公司章程中删除。

如果公司章程规定了公司的份额（部分份额）优先购买权，违反份额（部分份额）优先购买权出售份额，公司任一股东和（或）公司，自公司股东或公司知道或者应当知道该违反行为之时起的 3 个月内，有权按照司法程序要求将买受人的权利义务转移给自己。

上项优先购买权不得出让。

5. 公司章程可以规定，公司股东以出售以外的其他方式向第三人出让其份额（部分份额）必须取得公司或公司其他股东的同意。

6. 如果公司章程未规定公证形式，公司注册资本份额（部分份额）的出让应以简单书面形式为之。不遵守本款或公司章程规定的形式，出让公司注册资本份额（部分份额）的行为无效。

公司应以书面通知的形式确认公司注册资本份额（部分份额）的出让，并作为该出让的证明。公司注册资本份额（部分份额）受让人自收到公司上项出让通知时起，行使公司股东的权利，并承担公司股东的义务。

份额（部分份额）出让前产生的公司股东所有的权利和义务均转移给注册资本份额（部分份额）受让人，但本联邦法第 8 条第 2 款第 2 段和第 9 条第 2 款第 2 段规定的权利和义务除外。

出让自己公司注册资本份额（部分份额）的公司股东，就份额（部分份额）出让前对公司缴纳出资的义务，与受让人承担连带责任。

7. 公司注册资本份额可以移转给公司股东的公民继承人和法人权利承受人。

作为公司股东的法人解散时，在与债权人结算之后，其所占份额在被解散法人的股东之间分配，但联邦法律、其他法律文件或被解散法人设立文件另有规定的除外。

公司章程可以规定,只有经公司其他股东同意才能按照本款第1段和第2段规定进行份额的移转和分配。

公司股东死亡,在其继承人接受遗产之前,由遗嘱指定的人行使公司股东的权利,履行股东的义务;无遗嘱指定时,则由公证人任命管理人。

8. 如果公司章程规定,向公司股东或第三人出让公司注册资本份额(部分份额)必须取得公司股东同意,则向继承人或权利承受人移转份额或在被解散法人股东之间进行份额分配,自向公司股东提出之时起30日内或公司章程确定的其他期限内收到公司全体股东书面同意或未收到任何公司股东的书面拒绝,则视为已取得同意。

9. 根据本联邦法或其他联邦法规定公开拍卖公司注册资本份额(部分份额)的,份额(部分份额)受让人成为公司股东无须取得公司或其股东的同意。

第 22 条　公司注册资本份额的抵押

公司股东有权将其在公司注册资本中的所有份额(部分份额)抵押给公司股东,或者在公司章程未加禁止时,经公司股东会会议多数表决通过的决议同意抵押给第三人,公司章程对作出该决议规定必须经更高多数表决的除外。在确定表决结果时,抵押自己份额(部分份额)的公司股东的表决权不予计算。

第 23 条　公司回购注册资本份额(部分份额)

1. 公司无权回购其注册资本份额(部分份额),本联邦法另有规定的除外。

2. 如果公司章程规定禁止向第三人出让公司股东份额(部分份额),而公司其他股东又拒绝购买该份额,以及如果公司章程规定必须经公司其他股东同意方可向公司股东或第三人出让份额(部分份额),而公司其他股东拒绝同意,则公司应根据公司股东的要求收购其所有的份额(部分份额)。

在这种情况下,公司应支付给公司股东其所有份额(部分份额)的实际价值。该实际价值根据公司股东向公司提出要求之日的上一个会计期间的公司财务报表确定,或经公司股东同意,向其交付同等价值的实物。

3. 在公司设立时未按期足额缴纳注册资本出资的公司股东份额以及未按照本联邦法第15条第3款规定按期缴纳货币或其他补偿金的公司股东份额,转归公司所有。在这种情况下,公司应向公司股东按其出资比例支付部分份额的实际价值(按公司使用财产期限计算期间),或经公司股东同意向其交付同等价值的实物。部分份额的实际价值根据缴纳出资或交付补偿金期限届满之日的上一个会计期间的公司财务报表确定。

公司章程可以规定,未缴纳出资或支付补偿金(价值)的部分份额,按照所占比例转归公司所有。

4. 被开除出公司的股东份额转归公司所有。在这种情况下,公司应支付被开除公司股东其所有份额的实际价值,该价值根据法院开除判决生效时的上一个会计期间的公司财务报表确定,或经被开除股东同意,向其交付同等价值的实物。

5. 如果公司章程规定必须经过同意,而在本联邦法第21条第7款规定的情形下公司股东拒绝同意转让或分配份额,则份额转归公司所有。在这种情况下,公司应向死亡股东的继承人、变更后公司法人股东的权利承受人或被解散法人公司股东支付份额的实际价值。该实际价值根据股东死亡、变更或被解散日的上一个会计期间的公司财务报表确定,或经其同意,向其交付同等价值的实物。

6. 根据公司股东债权人的要求,在公司依照本联邦法第25条的规定支付份额(部分份额)实际价值的情况下,公司其他股东未缴纳的部分份额转归公司所有,其他部分份额在公司股东间按照缴纳比例分配。

7. 自公司股东提出公司回购份额要求,或出资期限或补偿期限届满,或自法院开除公司股东判决生效,或自收到任何一个公司股东拒绝同意将份额移转给作为公司股东公民的继承人(法人的权利承受人),或在被解散法人公司股东间进行分配,或自公司根据股东的债权人的要求支付份额(部分份额)的实际价值之时起,份额(部分份额)转归公司所有。

8. 如果公司章程没有规定更短的期限,公司应自份额(部分份额)转归公司所有的 1 年期限内支付份额(部分份额)的实际价值,或交付同等价值的实物。

份额(部分份额)的实际价值以公司净资产值和注册资本的差额支付,如该差额不足支付,则公司应在不足支付的额度内减少其注册资本。

第 24 条　公司所有份额

属于公司的份额,在确定公司股东会会议表决结果,或分配公司利润和公司解散分配公司财产时不予计算。

属于公司的份额,应自其转归公司所有之日起的 1 年内,根据公司股东会会议决议按公司股东在公司注册资本中的份额比例分配给公司股东,或出售给所有或几个公司股东,和(或)在公司章程未作禁止规定时出售给第三人,并须足额支付。未分配或未出售份额部分应予注销,并相应减少注册资本。导致公司股东所占份额变化而向公司股东出售份额、向第三人出售份额以及与出售公司份额有关的公司注册文件的变更,根据公司全体股东一致表决同意的公司股东会会议决议实行。

本条规定的公司设立文件的变更登记文件,以及在公司出售份额时确认公司所出售份额的收款文件,应自公司股东确认支付份额款项结果和对公司设立文件作出相应变更决议通过之日起的 1 个月内提交法人登记机关。上述公司设立文件的变更,自法人登记机关进行登记之日起对公司股东和第三人发生效力。

第 25 条　对公司股东注册资本份额(部分份额)的追索

1. 只有在公司股东的其他财产不足以清偿债务时,公司债权人才能根据法院判决对公司股东提出追索其注册资本份额(部分份额)的请求。

2. 在提出追索公司股东注册资本份额（部分份额）以偿还其债务的情况下，公司有权向债权人支付公司股东份额（部分份额）的实际价值。

根据所有股东一致同意表决通过的公司股东会会议决议，被追索的公司股东的财产份额（部分份额）的实际价值可以由公司其他股东按照其在公司注册资本中的份额比例向债权人支付，但公司章程或公司股东会会议决议另行规定了支付方式的除外。

公司股东注册资本份额（部分份额）的实际价值，根据向公司股东提出追索其注册资本份额（部分份额）以清偿其债务之时最后一个会计期间的会计报表确定。

3. 如果债权人自提出要求之时起 3 个月届满，公司或其股东仍未支付公司股东被追索的全部份额（部分份额），则通过公开拍卖公司股东份额（部分份额）进行追索。

第 26 条　公司股东退出公司

1. 公司股东有权在任何时候退出公司而无须经过其他股东或公司的同意。

2. 公司股东退出公司，其份额自提出退出公司申请之时起转归公司所有。在这种情况下，公司应当向提出退出公司申请的公司股东支付其份额的实际价值，该实际价值根据提出申请当年的会计报表确定；或经公司股东同意，向其支付同等价值的实物；而在未足额缴纳出资的情况下，按照其实际出资部分的比例向其支付部分份额的实际价值。

3. 公司应自提出退出公司申请财政年度结束之时起的 6 个月内向提出退出公司申请的公司股东支付其份额的实际价值或交付同等价值的实物，公司章程规定短于该期限的除外。

公司股东份额的实际价值由公司净资产值与公司注册资本额的差额支付。如果该差额不足以支付提出退出公司申请的公司股东份额的实际价值，则公司应在不足支付的额度内减少其注册资本。

4. 公司股东退出公司不能解除其在提出退出公司申请前对于公司的出资义务。

第 27 条　向公司财产投资

1. 如果公司章程规定,公司股东有义务根据公司股东会会议决议向公司财产投资。公司股东的该项义务可以在公司设立时由公司章程予以规定,或通过公司所有股东一致表决同意的公司股东会会议决议修改公司章程予以规定。

公司股东向公司财产投资的股东会会议决议,可以由公司股东表决权总数的 2/3 以上多数通过,公司章程对通过该决议规定了更高多数的除外。

2. 公司的所有股东按照其在公司注册资本中所占的份额比例向公司财产投资,公司章程对投资财产额的确定方式另有规定的除外。

公司章程可以规定公司所有股东或特定股东向公司财产投资的最高限额,也可以规定有关投资的其他限制。对公司特定股东财产投资的限制规定,在转让其份额(部分份额)时对买受人的份额(部分份额)不发生效力。

规定不按公司股东份额比例确定向公司财产投资金额的条款,以及规定有关向公司财产投资限制的条款,可以在公司设立时由公司章程予以规定,或根据公司所有股东一致表决同意通过的公司股东会会议决议在公司章程中添加该项条款。

规定不按照公司股东份额比例确定向公司财产投资金额的条款的变更和删除,以及规定对公司所有股东投资的限制,根据公司所有股东一致表决同意通过的公司股东会会议决议实行。公司章程中对特定公司股东所规定的上述条款的变更和删除,根据公司股东表决权总数的 2/3 以上多数通过的公司股东会会议决议实行。但对于规定的限制,需有该公司股东投票表示同意通过该项决议,或书面表示同意。

3. 向公司财产的投资应为货币,公司章程或公司股东会会议决议另有规定的除外。

4. 向公司财产投资不能改变公司股东在公司注册资本中的份额数额和面值。

第28条   公司股东的利润分配

1. 公司有权作出按季度、每半年一次或每年一次向公司股东分配纯利润的决议。向公司股东分配部分利润，由公司股东会会议决议确定。

2. 用以向公司股东分配的部分利润，按其在公司注册资本中所占份额的比例进行分配。

公司设立时的公司章程或公司股东一致表决通过的公司股东会会议决议所修改的公司章程，可以规定向公司股东分配利润的其他方式。根据公司股东一致表决通过的公司股东会会议决议，可以变更和删除规定该方式的公司章程条款。

第29条   公司股东间分配公司利润和向公司股东支付公司利润的限制

1. 公司无权在以下情况下作出向公司股东分配利润的决议：

在足额缴纳公司注册资本前；

在本联邦法规定的情况下，未支付公司股东份额（部分份额）实际价值前；

如果在作出该决议时，根据《俄罗斯联邦破产法》的规定，公司已符合破产（资不抵债）条件，或如果作出该决议的结果公司即符合上述条件；

如果作出决议时，公司净资产的价值少于公司注册资本和公积金，或作出该决议的结果即少于上项金额；

联邦法规定的其他情形。

2. 公司在以下情况下无权作出向公司股东支付利润的决议：

如果支付利润时，根据联邦破产法的规定公司已符合破产（资不抵债）条件，或如果支付的结果公司即符合上述条件；

如果支付利润时，公司净资产的价值少于公司注册资本和公积金，或支付的结果即少于上项金额；

联邦法规定的其他情形。

本款规定的上述情形消失后,公司应当根据公司股东会作出的向公司股东分配利润的决议,向公司股东支付利润。

第 30 条　公司公积金和其他基金

公司可以按照公司章程规定的程序和数额设立公积金和其他基金。

第 31 条　公司债的发售

1. 公司有权按照有价证券立法规定的程序发售债券和其他有价证券。

2. 只有在足额缴纳注册资本后,公司才能发行债券。

债券应有面值。公司所发行的全部债券的面值不得超过公司的注册资本额和(或)第三人为此给公司提供的最高担保金额。在没有第三人提供担保的情况下,公司需存续 2 年以上并应有 2 个财政年度的财务会计报表得到应有确认的条件下,公司才能发行债券。上述限制不适用于有抵押的债券发行和联邦证券法规定的其他情形(第 2 款根据 2006 年 7 月 27 日联邦法第 138 号修订)。

3. (2006 年 7 月 27 日联邦法第 138 号确认失效)

第四章　公司管理

第 32 条　公司机关

1. 公司最高机关为公司股东会。公司股东会会议可分为常会或临时会议。

公司所有股东都有权参加公司股东会会议,讨论会议议程所列的问题,并在通过决议时进行表决。

公司设立文件的规定或公司机关限制公司股东上述权利的决议自始无效。

公司每一股东在公司股东会会议上按照其在公司注册资本中所占份额

的比例拥有表决权数,本联邦法另有规定的除外。

公司设立时的公司章程或通过公司股东一致表决同意作出的公司股东会会议决议对公司章程所作的修改,可以规定确定公司股东表决权数的其他方式。变更或删除公司章程规定该方式的条款,根据公司股东一致表决通过的公司股东会决议进行。

2. 公司章程可以规定公司董事会(监事会)的组成。

依照本联邦法,公司董事会(监事会)的职权由公司章程规定。

公司章程可以规定公司董事会(监事会)的职权,包括组建公司执行机构、提前终止其权能、决定实施本联邦法第46条规定的重大交易事项、决定实施本联邦法第45条规定的关联交易事项、决定公司股东会会议的筹备、召集和召开事项,以及决定本联邦法规定的其他事项。如果公司章程将筹备、召集和召开公司股东会会议列为公司董事会(监事会)的职权,则公司执行机关取得召开公司股东会临时会议的请求权。

公司董事会(监事会)的组建和活动方式,以及公司董事会(监事会)权限的终止方式和公司董事长(监事会主席)的职权,由公司章程规定。

委员会制公司执行机关成员的组成不得多于公司董事会(监事会)组成的四分之一。行使公司执行机关职能的独任执行机关的个人,不得同时担任公司董事会(监事会)的董事长。

根据公司股东会会议决议,可以对公司董事会(监事会)董事在履行职责期间给予奖励和(或)对完成上项职责有关的支出予以补偿。上项奖励和补偿金额,由公司股东会会议决议确定。

3. 非公司股东作为公司董事会(监事会)董事、履行公司独任执行机关职能的个人和委员会制公司执行机关成员,可以参加公司股东会会议,但只享有建议权。

4. 独任制公司执行机关或独任制公司执行机关与委员会制公司执行机关领导公司日常事务。公司执行机关向公司股东会会议和公司董事会(监事会)报告工作。

5. 公司董事会(监事会)董事和委员会制公司执行机关成员不得移转其表决权给其他人,其中也包括向其他董事会(监事会)董事和执行委员会成员移转。

6. 公司章程可以规定组建公司监察委员会(选举监察人)。超过 15 个公司股东的公司,必须组建公司监察委员会(选举监察员)。公司监察委员会委员(监察员)也可以为非公司股东。

如果公司章程作出规定,公司监察委员会(监察员)的职能也可以由公司股东会会议确认的与公司、公司董事会(监事会)董事、行使公司执行机关职能的个人、公司执行委员会成员和公司股东无财产上利益关系的审计员行使。

公司董事会(监事会)董事、履行公司执行机关职能的个人和公司执行委员会成员不得为公司监察委员会(监察员)委员。

第 33 条　公司股东会职权

1. 公司股东会的职权,依照本联邦法由公司章程规定。

2. 公司股东会的专属职权包括:

(1) 确定公司经营活动的基本方针,以及通过加入协会和其他商业组织联合会的决议;

(2) 修改公司章程,包括修改公司注册资本额;

(3) 修改设立合同;

(4) 组建公司执行机关,提前终止其权限,以及通过决议将独任制公司执行机关的权限移转给商业组织或个体经营者(以下称"管理人"),确认该管理人和与其签订协议的条件;

(5) 选举公司监察委员会(监察员)和提前终止其权限;

(6) 确认年度报告和年度会计报表;

(7) 通过向公司股东分配利润的决议;

（8）确认（通过）调整公司内部活动的文件（公司内部文件）；

（9）通过公司发行债券和其他有价证券的决议；

（10）指定审计检查,确认审计员及其报酬；

（11）通过公司改组和清算的决议；

（12）任命清算委员会和确认清算报告；

（13）决定本联邦法规定的其他事项。

列为公司股东会专属职权的事项,不得转由公司董事会（监事会）以及公司执行机关决定,本联邦法另有规定的除外。

第 34 条   公司股东会定期会议

公司股东会定期会议的召开期限由公司章程确定,但每年不得少于一次。公司股东会定期会议由公司执行机关召集。

公司章程应规定确认公司经营活动年度结果的公司股东会定期会议的召开期限。上述股东会会议应在财政年度结束后的 2 个月至 4 个月期间召开。

第 35 条   公司股东会临时会议

1. 公司股东会临时会议于公司章程规定的情形下召开,也可以在公司及其股东利益需要的任何情形下召开。

2. 公司股东会临时会议,根据公司执行机关提议、根据公司董事会（监事会）、监察委员会（监察员）、审计员以及占公司股东总表决权数 1/10 以上股东提出请求时,由公司执行机关召集。

公司执行机关应自收到召开公司股东会临时会议时起的 5 日内审议该请求,并作出召开公司股东会临时会议或拒绝召开的决议。公司执行机关只有在下列情况下可以作出拒绝召开公司股东会临时会议的决议：

未遵守本联邦法规定的请求召开公司股东会临时会议的提请程序；

提议列入公司股东会临时会议议程的事项没有一个属于会议职权范围或符合联邦法规定的要求。提议列入公司股东会临时会议议程的事项之一或若干事项不属于公司股东会临时会议的职权范围或不符合联邦法规定的要求,则该事项不列入议程。

公司执行机关无权变更提议列入公司股东会临时会议议程所议事项的表述,也无权变更公司股东会临时会议提请召开的方式。

在提请公司股东会临时会议议程所议事项的同时,公司执行机关有权提议添加补充事项。

3. 如果公司作出召开公司股东会临时会议的决议,则应自收到请求召开之日起的 45 日内召开。

4. 如果在本联邦法规定的期限内未作出召开公司股东会临时会议的决议或作出拒绝召开的决议,公司股东会临时会议可由请求召开的机关或人员召集。

在此情况下,公司执行机关应向上述机关或个人提供公司股东名单及其地址。

筹备、召集和召开该会议所支出的费用,可以根据公司股东会会议决议由公司承担。

第 36 条　公司股东会会议召集程序

1. 召集公司股东会会议的机关或个人,应提前 30 日将召开事宜按照上述公司股东名单上的地址以挂号信或公司章程规定的其他方法通知公司每一股东。

2. 通知中应标明公司股东会会议召开的时间和地点以及会议议程。

公司的每一股东都有权在会议召开的 15 日以前提议将补充议题列入公司股东会会议议程。补充议题不包括公司股东会会议职权之外或不符合联邦法规定列入公司股东会会议议程的事项。

召集公司股东会会议的机关或个人,无权变更提议列入公司股东会会议补充议题的表述。

如果根据公司股东提议对公司股东会会议原议程作出变更,召集公司股东会会议的机关或个人应于会议召开的 10 日前,按照本条第 1 款规定的方法将议程变更事项通知公司所有股东。

3. 在公司股东会会议筹备阶段,属于应向公司股东提供的信息和资料有:经公司监察委员会(监察员)和审计人对检查结果进行鉴证的公司年报和财务报告,公司执行机关候选人情况,公司董事会(监事会)和监察委员会(监察员),公司设立文件变更和补充方案,或新修订的公司设立文件,公司内部文件草案以及公司章程规定的其他信息(资料)。

如果公司章程未规定告知公司股东信息与资料的其他程序,召集公司股东会会议的机关或个人应当将有关信息和资料,连同召开公司股东会会议的通知邮寄给他们。会议议程如有变更,相关信息与资料与变更通知一同邮寄。

上述信息和资料,应当在公司股东会会议召开前的 30 日内提供给公司执行机关所知的所有公司股东。公司应按照公司股东的要求向其提供上述文件的副本,公司收取该副本的费用不得超过其工本费。

4. 公司章程可以规定短于本条确定的期限。

5. 违反本条规定的程序召集公司股东会会议,如果公司所有的股东都参加了全体会议,则该会议应为合法有效。

第 37 条 公司股东会会议召开程序

1. 公司股东会会议,按照本联邦法、公司章程和公司内部文件规定的程序召开。本联邦法、公司章程和公司内部文件未予规定的部分,公司股东会会议召开的程序由公司股东会会议决议予以规定。

2. 在公司股东会会议召开之前,对拟参加会议的公司股东进行登记。

公司股东有权亲自或通过其代表参加会议。公司股东代表应提交经确认的授权文件。公司股东代表的授权委托书应载明所代表的事项和代表人的情况(姓名或名称、住址或住所、户照资料),符合《俄罗斯联邦民法典》第185 条第 4 款和第 5 款规定的形式,或者经过公证机关公证。

未经登记的公司股东(股东代表)无权参加投票表决。

3. 公司股东会会议于上述公司股东会会议通知确定的时间召开。或者,如果所有的公司股东都已进行了登记,也可以提前召开。

4. 公司股东会会议由独任制公司执行机关的个人主持,或者由委员会制公司执行机关的负责人主持。公司董事会(监事会)、监察委员会(监察人)、审计人或公司股东召集的公司股东会会议,由公司董事长(监事会主席)、监察委员会主席(监察人)、审计人或召集该大会的公司股东主持。

5. 宣布公司股东会会议开幕的人主持选举一名公司股东为会议主席。如果公司章程没有特别规定,选举会议主席事项的表决,公司每一股东有一表决权;对该事项作出的决议,须经所有出席会议的有表决权股东的半数以上表决通过。

6. 公司执行机关负责整理公司股东会会议记录。

公司股东会会议的所有记录应装订成册,以便随时供公司股东查阅。应公司股东的要求,可以向其提供经公司执行机关确认的记录摘要。

7. 依照本联邦法第36条第1款和第2款,公司股东会会议只有权对通知给公司股东的会议议程中所列的事项通过决议,公司全体股东均参加会议的除外。

8. 对本联邦法第33条第2款第2段所列事项或公司章程确定的其他事项所作出的决议,以公司股东表决权总数的2/3以上的多数表决通过,本联邦法或公司章程对该决议规定必须经更高多数通过的除外。

对本联邦法第33条第2款第3项和第11项所列事项作出决议,以公司股东全体一致表决通过。

其他决议,以公司股东表决权总数的半数以上表决通过,本联邦法或公司章程对该决议规定必须经更高多数通过的除外。

9. 公司章程可以规定对选举公司董事会(监事会)董事、公司执行机关成员和(或)公司监察委员会委员实行累积投票制。

实行累积投票制进行投票表决,公司每一股东所拥有的表决权数为其票数乘以应选入公司机关的人数。公司股东有权将以该种方式获得的选票全部投给一个候选人或分别投给两个和几个候选人,得票最多的候选人当选。

10. 公司股东会会议决议,以公开投票表决的方式通过,公司章程对作出决议程序另有规定的除外。

第38条　以传签表决方法(简易方法)通过公司股东会会议决议

1. 公司股东会会议决议可以无须召开会议(公司股东为讨论会议议题共同出席会议,并对提交的问题作出决议),而以传签表决的方法(简易方法)作出。该表决可以通过信函、电报、电传、电话、电子邮件或其他足以保障传递和接收函件的真实性并由文件予以确认的其他通讯手段,以交换文件的方法进行。

公司股东会会议,对本联邦法第33条第2款第6项所列事项,不得以传签表决方法(简易方法)作出决议。

2. 以传签方法(简易方法)通过公司股东会会议决议,不适用本联邦法第37条第2、3、4、5和7款,以及本联邦法第36条第1、2和3款有关期限的规定。

3. 传签表决的程序由公司内部文件确定,该文件应规定通知公司全体股东会议议程的义务、在表决开始前使公司所有股东知悉所有必要信息和资料的可能性、提出补充议案列入会议议程的可能性、在表决前通知公司全体股东议程变更的可能性,以及表决程序的结束期限。

第39条　一人公司对公司股东会会议职权事项作出决议

一个公司股东组成的一人公司,对属于公司职权事项以公司唯一股东一致通过和书面方式作出决议。在此情况下,本联邦法第34、35、36、37、38条和第43条的规定不予适用,但涉及公司股东会年会召开期限的规定除外。

第40条　独任制公司执行机关

1. 独任制公司执行机关(总经理、总裁及其他)由公司股东会在公司章程规定的期限内选举产生。独任制公司执行机关也可以选举公司股东以外的人担任。

公司与履行独任制公司执行机关职能的个人之间的协议,由选出独任制公司执行机关的公司股东会会议主席,或由公司股东会会议决议授权的公司股东以公司名义签署。

2. 独任制公司执行机关只能由自然人担任,但本联邦法第42条所规定的情形除外。

3. 独任制公司执行机关可以:

(1) 无须授权即以公司名义进行活动,其中包括代表公司利益和履行合同;

(2) 包括转授权在内的以公司名义进行活动的授权;

(3) 发布公司工作人员的任职、调动和解职令,采取奖励措施和予以纪律处分;

(4) 行使本联邦法或公司章程规定不属于公司股东会、公司董事会(监事会)和委员会制公司执行机关职权的其他权力。

4. 独任制公司执行机关活动和通过决议的程序,由公司章程、公司内部文件以及公司与独任制执行机关的个人所签订的协议予以规定。

第41条　委员会制公司执行机关

1. 如果公司章程在规定独任制公司执行机关的同时,也规定了委员会制公司执行机关(管理处、经理室及其他)的组成,则该机关由公司股东会选举产生,其人数和期限由公司章程确定。

委员会制公司执行机关的组成人员可以有一个非公司股东的自然人。

委员会制公司执行机关行使公司章程列为其职权的权力。

委员会制公司执行机关主席的职能由独任制公司执行机关的个人执

行,独任制公司执行机关职权移交给管理人的情形除外。

2. 委员会制公司执行机关的活动及其通过决议的程序,由公司章程和公司内部文件规定。

第42条　独任制公司执行机关向管理人移交权力

如果公司章程明确规定,公司有权按照协议将其执行机关的权力移交给管理人。

确认协议条件的公司股东会主席或公司股东会会议决议授权的公司股东,以公司名义与管理人签订协议。

第43条　对公司管理机关决议提起诉讼

1. 违反本联邦法、俄罗斯联邦法律文件、公司章程的规定和侵犯公司股东权利和合法权益所作出的公司股东会会议决议,法院可以根据未参加表决或投票反对作出被诉决议的公司股东的请求,认定决议无效。该请求可以在公司股东知道或应当知道作出该决议之日起2个月内提出。如果公司股东参加了作出该决议的公司股东会会议,上项请求可以自该决议作出之日起的2个月内提出。

2. 如果提出请求的公司股东的表决不能改变表决结果,侵权行为是非实质性的,决议未给该公司股东造成损失,则法院有权在考虑案情所有因素的情况下维持被诉决议继续有效。

3. 公司董事会(监事会)、独任制公司执行机关、委员会制公司执行机关或管理人违反本联邦法、俄罗斯联邦法律文件、公司章程要求,侵害公司股东权利和合法权益所作出的决议,经该公司股东请求,法院可以认定其无效。

第44条　公司董事会董事(监事会监事)、独任制公司执行机关、委员会制公司执行机关成员和管理人的责任

1. 公司董事会董事(监事会监事)、独任制公司执行机关、委员会制公司执行机关成员以及管理人,在行使其权利和履行其义务时,为了公司利益,应当谨慎理性行事。

2. 公司董事会董事（监事会监事）、独任制公司执行机关、委员制公司执行机关成员以及管理人，因其过错行为（不作为）给公司造成的损失对公司承担责任，联邦法律规定了其他责任根据和额度的除外。在此情况下，投票反对通过给公司造成损失或未参加投票的公司董事会董事（监事会监事）、委员会制公司执行机关成员不承担责任。

3. 在确定公司董事会董事（监事会监事）、独任制公司执行机关、委员制公司执行机关成员以及管理人的责任根据和额度时，应注意业务的通常条件和对业务具有意义的其他因素。

4. 如果根据本条规定有数人承担责任，则对公司承担的是连带责任。

5. 公司或其股东有权向法院起诉，要求公司董事会董事（监事会监事）、独任制公司执行机关、委员会制公司执行机关成员或管理人赔偿其给公司造成的损失。

第45条　公司的关联交易

1. 未经公司股东会同意，公司不得与具有利害关系的公司董事会董事（监事会监事）、行使独任制公司执行机关职能的个人、委员会制公司执行机关成员或具有利害关系的与其同业经营人共同拥有公司表决权总数20%以上的公司股东进行交易。

上述人员与公司交易，如果他们、他们的配偶、父母、子女、兄弟姐妹和（或）其同业经营人有下列情形之一时，被视为关联人：

在其与公司的交易关系中，作为交易的一方或代表第三者利益；

在其与公司的交易关系中，拥有（每个人单独拥有或整体拥有）作为交易的一方或代表第三者利益的法人20%以上的股份；

在其与公司的交易关系中，在作为交易的一方或代表第三者利益的法人管理机关中任职；

公司章程规定的其他情形。

2. 本条第 1 款第 1 段所列人员,应向公司股东会通报以下信息:

有关他们、他们的配偶、父母、子女、兄弟姐妹和(或)其同业经营人拥有 20% 以上股份的法人的情况;

有关他们、他们的配偶、父母、子女、兄弟姐妹和(或)其同业经营人在管理机关中任职的法人情况;

如果履行,他们即被视为关联交易人的那些他们所知的已经履行或正准备履行的交易情况。

3. 公司实施关联交易的决议,由公司股东会以非关联交易股东表决权总数的半数以上表决通过。

4. 如果公司在日常经营活动中,关联交易人在此前即已进行该项交易,并符合本条第 1 款的规定被视为关联人,在这种情况下,可以无须根据本条第 3 款的规定通过公司股东会会议决议实施该项交易(在下一次公司股东会召开日前无须通过决议)。

5. 实施关联交易和违反本条规定进行的交易,可以根据公司或其股东提起诉讼而认定其无效。

6. 本条规定不适用于一人组建同时又行使独任制公司执行机关职能的公司。

7. 设有董事会(监事会)的公司,可以将作出关联交易的决议作为其职权写入公司章程,但交易金额或作为交易对象的财产价值超过根据最后一个财会期间财会报表确定的公司资产 2% 的除外。

第 46 条　重大交易

1. 一次性交易,或与公司收购、转让或可能直接或间接转让公司根据实施该交易决议日最后一个财会期间财会报表确定的公司财产 25% 以上的若干次相关交易,为重大交易,公司章程规定了更高的额度除外。公司日常经营活动过程中实施的交易不能视为重大交易。

2. 本条的目的,因重大交易被公司转让的财产价值按照财务核算数据确定,而公司收购的财产价值则按照报价计算。

3. 公司股东会作出实施重大交易的决议。

4. 设有董事会(监事会)的公司,可以将与收购、转让或可能直接或间接转让公司价值 25% 至 50% 公司财产有关的重大交易作出决议,作为公司董事会(监事会)职权列入公司章程。

5. 违反本条规定实施的重大交易,可以经公司或其股东起诉认定无效。

6. 公司章程可以规定,实施重大交易无须公司股东会和公司董事会(监事会)作出决议。

第 47 条　公司监察委员会(监察人)

1. 公司监察委员会(监察人)由公司股东会在公司章程确定的期限内选举产生。

公司监察委员会委员人数由公司章程规定。

2. 公司监察委员会(监察人)有权在任何时候对公司财务活动进行检查,并取得与公司活动有关的所有文件。如果公司监察委员会(监察人)提出要求,公司董事会董事(监事会监事)、独任制公司执行机关、委员会制公司执行机关成员以及公司职员,应当以口头或书面形式给予必要的解释。

3. 在公司股东会确认之前,公司监察委员会(监察人)对公司年报和会计报表按照强制程序进行检查。公司股东会无权确认对未经公司监察委员会(监察人)鉴证的公司年报和会计报表。

4. 公司监察委员会(监察人)的工作程序由公司章程和内部文件规定。

5. 如果公司章程对组建公司监察委员会或选举公司监察人作出规定,或依照本联邦法其为必设机关,则适用本条的规定。

第 48 条　公司的审计

公司有权根据公司股东会决议,聘请与公司、公司董事会董事(监事会监事)、独任制公司执行机关、委员会制公司执行机关成员和公司股东无财产利益关系的专业审计人,检查和确认公司年报和会计报表的真实性和当前的业务经营状况。

公司任何一个股东提出请求,都可由其选择的职业审计人进行审计检查,并必须符合本条第 1 款规定的要求。该检查应付给审计人的服务费,由请求进行审计检查的公司股东支付。公司股东向审计人支付的服务费,可以根据公司股东会决议由公司给予补偿。

聘请审计人对公司年报和会计报表进行检查和确认,必须在联邦法和俄罗斯联邦其他法律文件规定的情况下进行。

第 49 条　公司财务公开

1. 公司无须公开其经营账目,但本联邦法和其他联邦法律另有规定的除外。

2. 发行债券和有价证券的公司,每年应当公开其年报和会计报表,以及依照联邦法及根据联邦法制定的其他规范文件的规定,披露其经营活动的其他信息。

第 50 条　公司文件的保管

1. 公司应保管以下文件:

公司设立文件,以及按照法定程序经过登记的对公司设立文件所作的变更和补充;

公司设立和确认公司注册资本非货币出资的货币价值的公司发起人会议记录,以及与公司设立有关的其他决议;

公司登记文件;

确认公司资产负债表中的产权文件;

公司内部文件;

分公司与代表处的规定;

有关公司发行债券和有价证券的文件;

公司股东会会议、公司董事会(监事会)会议、委员会制公司执行机关会议和监察委员会会议记录;

公司同业经营人名单；

公司监察委员会(监察人)、审计人、国家和地方机关财务审查鉴证；

联邦法和俄罗斯联邦其他法律文件、公司章程、公司内部文件、公司股东会、公司董事会(监事会)和公司执行机关决议规定的其他文件。

2. 公司在其执行机关所在地或公司股东所知和能够获取的其他地方保管本条第 1 款规定的文件。

第五章　公司的改组与清算

第 51 条　公司的改组

1. 公司可以依照本联邦法规定的程序自行改组。

公司改组的其他根据和程序，由《俄罗斯联邦民法典》和其他联邦法确定。

2. 公司改组可以采取合并、兼并、分立、分设和组织形式变更的方式。

3. 公司自因改组而成立的法人登记时起视为改组，但以兼并方式改组的情形除外。

一公司兼并另一公司，兼并公司自被兼并公司终止活动登记于国家法人统一登记簿之时起视为改组。

4. 因改组而成立的公司登记，终止被改组公司经营活动的注销登记以及公司章程的变更登记，按照联邦法规定的程序进行。

5. 自公司改组决议通过之日起，以合并或兼并方式改组公司自被兼并公司通过合并或被兼并决议之日起的 30 日内，公司应以书面形式通知公司所知悉的所有债权人，并在公告法人登记的媒体上发布公告，通知决议事项。在此情况下，公司债权人自向其发出通知之日起 30 日内或自公告决议之日起 30 日内，有权以书面形式要求提前终止或履行相应债务，并赔偿损失。

只有提供债权人已按照本款规定的程序获得通知的证据,才能进行因改组而成立公司的登记和终止被改组公司活动的注销登记。

如果财产分割协议不能确定被改组公司的权利义务承受人,因改组而成立的法人对被改组公司的债务向债权人承担连带责任。

第52条　公司合并

1. 两个或两个以上公司终止,并将其所有的权利义务转移给新成立的公司为公司合并。

2. 公司改组、公司合并协议和因改组而成立公司的章程以及移交文件的确认,由参与公司合并的各公司股东会作出决议。

3. 由合并成立公司所有股东签署的合并协议,连同其章程作为设立文件,应符合《俄罗斯联邦民法典》和本联邦法对于设立合同规定的要求。

4. 在各参与合并公司股东会会议通过决议的情况下,有关改组与合并协议的确认、因合并新成立公司的章程、文件移交、因合并新成立公司执行机关的选举,根据参与合并公司股东联席会议所通过的决议实行。该会议的召开期限和程序,由合并协议确定。

因合并而成立公司的独任制执行机关,履行该公司的有关登记事宜。

5. 公司合并后,各公司的所有权利义务按照移交文件的规定转移给合并后成立的公司。

第53条　公司兼并

1. 一个或几个公司终止,并移转其所有的权利义务给另一公司,为公司兼并。

2. 有关公司改组和兼并协议的确认,由参与兼并的各公司股东会会议作出决议,而被兼并公司的股东会会议甚至可以作出确认移交文件的决议。

3. 参与兼并的公司股东联席会议将有关公司股东构成的变化、其份额的确定、兼并协议的其他变更事项载入公司设立文件,在必要时,还可决定包括选举公司机关的其他事项。召开该会议的期限和程序由兼并协议确定。

4. 一个公司兼并另一公司,被兼并公司所有的权利义务按照移交文件的规定移转给兼并公司。

第 54 条　公司分立

1. 公司终止,其所有的权利义务移转给新设立的公司,为公司分立。

2. 有关公司改组、分立程序和条件、新公司的成立和财产分割协议的确认,由实行分立的公司股东会通过决议确定。

3. 公司设立合同由分立后各公司的股东签署,公司股东会确认公司章程,并选举公司机关。

4. 公司分立,原公司的所有权利义务按照财产分割协议移转给分立后成立的公司。

第 55 条　公司分设

1. 公司移转其部分权利和义务给新设立的一个或几个公司,原公司存续,为公司分设。

2. 有关公司改组、分设程序和条件、新成立一个(数个)公司和财产分割协议的确认,由实行分设的公司股东会通过决议,并将与公司股东构成变化、其份额额度变更的确定和分设决议规定的其他变更载入公司设立文件,以及在必要时决定包括选举公司机关在内的其他事项。

分设公司的股东签署设立合同。分设公司股东会确认其章程,并选举公司机关。

如果改组公司为分设公司的唯一股东,则改组公司股东会对公司分设的形式、分设程序和条件作出决议,以及确认分设公司的章程和财产分配清单、选举分设公司机关。

3. 公司分设一个或几个公司,按照分配清单向各公司移转其部分权利和义务。

第 56 条   公司组织形式变更

1. 公司有权变更为股份有限公司、补充责任公司或生产合作社。

2. 有关公司改组、组织形式变更的程序和条件、公司股东份额转换为股份公司股份、补充责任公司份额或生产合作社社员股份的程序,对因组织形式变更而成立的股份公司、补充责任公司或生产合作社章程以及移转文件的确认,由变更组织形式的公司股东会作出决议。

3. 因组织形式变更而成立的法人的股东,依照联邦法有关法人的规定通过选举其机关的决议,并委托相应机关实施与因组织形式变更所成立法人登记有关的事宜。

4. 公司组织形式发生变更,被改组公司所有的权利和义务,均应根据移交文件移转给因变更而成立的法人。

第 57 条   公司清算

1. 公司可以依照《俄罗斯联邦民法典》规定的程序、按照本联邦法和公司章程规定的要求自愿清算。公司也可以根据法院按照《俄罗斯联邦民法典》规定所作出的裁决进行清算。

公司清算即告终止,其权利和义务不得依程序移转给他人。

2. 公司股东会,根据公司董事会(监事会)、执行机关或股东的提议,作出自行清算和任命清算委员会的决议。

自行清算公司的股东会会议,对清算公司和经实施法人登记机关的同意任命清算委员会事宜作出决议。

3. 从任命之时起,管理公司事务的全权移转给清算委员会。清算委员会以清算公司的名义参加诉讼。

4. 如果公司股东为俄罗斯联邦、俄罗斯联邦主体或地方自治组织,则清算委员会中应包括联邦管理国家财产的机关、销售联邦财产的专门机构、俄罗斯联邦主体管理国家财产的机关、俄罗斯联邦主体国家财产销售商或地方自治机关的代表。未履行上述要求,实施公司登记的国家机关,无权认可对清算委员会的任命。

5. 公司清算程序,由《俄罗斯联邦民法典》和其他联邦法规定。

第 58 条　公司股东分配被清算公司的财产

1. 被清算公司在与债权人结算后的剩余财产,由清算委员会在公司股东之间按下列顺序分配:

第一顺序,支付公司股东已分配但尚未支付的利润部分;

第二顺序,按公司股东在公司注册资本中所占份额比例进行分配。

2. 每一顺序的要求,只有在上一顺序要求完全满足之后才能实现。

如果公司财产不足以支付已分配但尚未支付的利润部分,则公司财产按公司股东在公司注册资本中所占份额的比例在股东之间进行分配。

第六章　附　　则

第 59 条　本联邦法的施行

1. 本联邦法自 1998 年 3 月 1 日起施行。

2. 自本联邦法施行之时起,在俄罗斯联邦境内施行的现行法律文件,在其调整符合本联邦法规定之前,其不与本联邦法抵触的部分继续适用。

自本联邦法施行之时起,有限责任公司设立文件不与本联邦法抵触的部分继续适用。

3. 在本联邦法施行前成立的有限责任公司的设立文件,应于 1999 年 7 月 1 日前进行调整,使其符合本联邦法的规定。

(1998 年 12 月 31 日联邦法第 193 号修订)

本联邦法施行时股东人数超过 50 人的有限责任公司,应于 1999 年 7 月 1 日前将公司变更为股份公司或生产合作社,或减少公司股东人数至本联邦法规定的人数以下。该有限责任公司可以依照《俄罗斯联邦股份公司法》的规定,变更为对股东人数不加限制的封闭式股份公司。对上述封闭式股份公司不适用《俄罗斯联邦股份公司法》第 7 条第 3 款第 2 段和第 3 段的规定。

（1998 年 7 月 11 日联邦法第 96 号、1998 年 12 月 31 日联邦法第 193 号
修订）

有限责任公司按照本款规定的程序变更为股份公司或者生产合作社，
不适用本联邦法第 51 条第 5 款的规定。

（1998 年 12 月 31 日联邦法第 193 号修订）

本联邦法施行时股东人数超过 50 人的有限责任公司，变更有限责任公
司组织形式的股东会决议应经公司股东表决权总数 2/3 以上的多数通过。
投票反对通过变更决议或未参加投票表决的有限责任公司股东，有权按照
本联邦法第 26 条规定的程序退出有限责任公司。

（1998 年 12 月 31 日联邦法第 193 号增加本段）

有限责任公司不调整设立文件使其符合本联邦法的规定，或不变更为
股份公司或生产合作社，可以根据联邦法授权的国家法人登记机关、或其他
国家机关或地方自治机关的要求，按照司法程序进行清算。

4. 本条第 3 款规定的有限责任公司，为符合本联邦法规定进行调整，其
变更法律地位的登记免交登记费。

俄罗斯联邦总统：Б. 叶利钦

莫斯科　克里姆林宫

1998 年 2 月 8 日联邦法第 14 号

俄罗斯联邦股份公司法

1995 年 11 月 24 日国家杜马通过

1996 年 6 月 13 日第 65 号联邦法修订

1999 年 5 月 24 日第 101 号联邦法修订

2001 年 8 月 7 日第 120 号联邦法修订

2002 年 3 月 21 日第 31 号联邦法修订

2002 年 10 月 31 日第 134 号联邦法修订

2003 年 2 月 27 日第 29 号联邦法修订

2004 年 2 月 24 日第 5 号联邦法修订

2004 年 12 月 29 日第 192 号联邦法修订

2005 年 12 月 27 日第 194 号联邦法修订

2005 年 12 月 31 日第 208 号联邦法修订

2006 年 1 月 5 日第 7 号联邦法修订

2006 年 7 月 27 日第 146 号联邦法修订

2006 年 7 月 27 日第 155 号联邦法修订

2006 年 12 月 18 日第 231 号联邦法修订

2007 年 2 月 5 日第 13 号联邦法修订

2007 年 7 月 24 日第 220 号联邦法修订

2007 年 12 月 1 日第 318 号联邦法修订

2008 年 4 月 29 日第 58 号联邦法修订

第一章　总　　则

第 1 条　本联邦法的适用范围

1. 根据《俄罗斯联邦民法典》，本联邦法规定股份公司的设立、改组和清算程序，规定股份公司的法律地位及其股东的权利和义务，为保护股东的权利和利益提供保障。

（2001 年 8 月 7 日第 120 号联邦法修订）

2. 本联邦法适用于俄罗斯联邦境内已设立和即将设立的所有股份公司，本联邦法和其他联邦法另有规定的除外。

3. 银行、投资和保险领域股份公司的设立、改组、清算、法律地位，由联邦法另行特别规定。

（2001 年 8 月 7 日第 120 号联邦法修订）

4. 在依照 1991 年 12 月 27 日俄罗斯联邦《关于在苏俄实行土地改革紧急措施》第 323 号总统令改组集体农庄、国营农场和其他农业企业以及农户（农场主）、为农业生产者提供服务的企业，包括物资供应企业、技术维修企业、农业化工企业、林场、跨行业建筑组织、农业动力企业、育种站、亚麻厂、蔬菜加工企业基础上成立的股份公司的设立、改组、清算、法律地位，由联邦法另行特别规定。

（2001 年 8 月 7 日第 120 号联邦法修订）

5. 在国有和自治地方企业私有化时设立的股份公司，由联邦法以及俄罗斯联邦其他关于国有和自治地方所有企业私有化法律文件特别规定。对于在国有和自治地方所有企业私有化时设立的、25% 以上的股份规定为国家或自治地方所有的股份公司或者俄罗斯联邦、俄罗斯联邦主体或自治地方组织行使专属权利("金股")参与管理的股份公司,其法律地位由有关国有和自治地方所有企业私有化的联邦法另行特别规定。

(2001 年 8 月 7 日第 120 号联邦法修订)

在国有和自治地方所有企业私有化时设立的股份公司的法律地位的特别规定,自私有化决议通过之时至国家或自治地方组织将其所属股份的75%让与这一股份公司之时生效,但不能超过该企业私有化计划所规定的私有化的最后期限。

第 2 条　股份公司的基本规定(2001 年 8 月 7 日第 120 号联邦法修订)

1. 股份公司(下称公司)为商业组织,其注册资本划分为证明公司参加人(股东)对公司享有股东权的一定数额的股份。

股东不对公司债务承担责任,但要在其所有股份价值的范围内承担与公司经营有关的亏损风险。

没有足额支付股款的股东,应在属于其所有的股份未支付价款部分的范围内对公司的债务承担连带责任。

无须其他股东及公司同意,股东有权转让其所有的股份。

(2001 年 8 月 7 日第 120 号联邦法增加本段)

2. 只要本联邦法未作其他规定、本条款不与相应关系的本质相抵触,本联邦法的条款适用于一个股东组成的公司。

(2001 年 8 月 7 日第 120 号联邦法增加第 2 款)

3. 公司是法人,拥有在公司独立资产清单上所标明的财产,可以以自身名义取得和行使财产权和人身非财产权,承担责任,在法院起诉和应诉。

公司发起人所认购的公司股份,在股款支付未达到 50% 时,公司无权实施与公司设立无关的交易。

(2001 年 8 月 7 日联邦法第 120 号增加本段)

4. 公司享有从事联邦法律不予禁止的任何活动所必须的民事权利,并承担相应的义务。

公司只能根据专门许可(许可证)从事联邦法规定的经营活动清单上所列的经营种类。如果允许从事某种经营活动的专门许可(许可证)规定只能从事这种经营活动,那么,公司在专门许可(许可证)的有效期内无权从事其他经营活动,专门许可(许可证)所规定的种类及其附带经营的种类除外。

5. 自公司按照联邦法规定的程序完成国家登记之时起,作为法人的公司被认为成立。如果公司章程无另行规定,新创建的公司没有经营期限的限制。

6. 公司有权按照规定程序在俄罗斯联邦境内及境外开设银行账户。

7. 公司应当拥有包含公司的俄语全称并标明公司住所的圆形公章。公章应包含用俄语书写的公司全称及其地址。公章还可以标明用任何一种外文或俄罗斯联邦民族文字书写的公司名称。

公司有权拥有带有本公司名称的方章和公文用纸、本单位的标志、按规定程序注册的商标和其他可视的类似标志物。

第3条　公司的责任

1. 公司以其全部所有财产对自己的债务承担责任。

2. 公司不对本公司股东的债务承担责任。

3. 如果公司的资不抵债(破产)是因为股东或他人的行为(不作为)所致,这些人有权对公司发布强制性指令或能够以其他方式决定公司的经营活动,这些发布指令的股东或他人对公司财产不足清偿部分承担补充责任。

如果有权对公司发布强制性指令或能够以其他方式决定公司活动的股东或他人,利用以上权力和(或)支配公司活动的能力,并明显知道将会引起公司资不抵债(破产)的后果,只有在这种情况下,公司的资不抵债(破产)才可视为由股东或他人的行为(不作为)所致。

4. 国家及其机关对公司债务不承担责任,公司对国家及其机关的债务同样也不承担责任。

第4条　公司的名称和住所(2001 年 8 月 7 日第 120 号联邦法修订)

1. 公司应当有俄语全称并有权拥有俄语简称。公司有权拥有俄罗斯民族语言和(或)外文的全称和(或)简称。

公司的俄语全称应包含公司的商业名称,并标明公司类型(封闭式或开放式)。公司的俄语简称要包含公司的商业名称全称或简称和"封闭式股份公司"或"开放式股份公司"字样,或全称缩写"3AO"、"OAO"。

俄语和俄罗斯联邦民族语言的公司名称可以包含借用外文的俄文音译或俄罗斯联邦民族语言的音译,但不得含有反映公司法律组织形式的术语和缩略语。

(2006 年 12 月 18 日第 231 号联邦法修订)

对公司商业名称的其他要求,由《俄罗斯联邦民法典》规定(2006 年 12 月 18 日第 231 号联邦法增加本段)。

2. 公司进行国家登记的地点为公司住所。

(2002 年 3 月 21 日第 31 号联邦法修订)

3. (2002 年 3 月 21 日第 31 号联邦法删除)

第5条　公司的分公司和代表处

1. 公司可以按照本联邦法及其他联邦法规定的要求在俄罗斯联邦境内开设分公司和代表处。

在俄罗斯联邦境外设立分公司和开办代表处还需符合公司和代表处所在地国家的立法规定,俄罗斯联邦所签订的国际条约另有规定的除外。

2. 公司的分公司是其在公司住所之外设立的独立分支机构,它实施公司全部职能,其中包括代表处的全部职能或其部分职能。

3. 公司代表处是其在公司住所之外设立的独立分支机构,它代表公司利益,并对公司的利益予以保护。

4. 分公司和代表处不是法人,必须根据公司所批准的规章开展活动。组建分公司和代表处的财产由公司拨付,这些财产既独立核算,又与公司共同核算。

分公司和代表处的负责人由公司任命,并在公司授权范围内活动。

5. 分公司和代表处以设立公司的名义开展经营活动。设立公司对其分公司和代表处的经营活动承担责任。

6. 公司章程应该包括其分支机构和代表处的有关信息。关于改变公司章程中有关分公司和代表处信息的变更通告应按规定程序呈报法人国家登记机关。公司章程中的上述变更自通知法人国家登记机关之时起对第三人发生效力。

(2001 年 8 月 7 日第 120 号联邦法修订)

第 6 条　子公司和附属公司

1. 依照本联邦法和其他联邦法,公司可以在俄罗斯联邦境内设立法人子公司和附属公司;依照所在地国法,公司可以在俄罗斯联邦境外设立子公司和附属公司,俄罗斯联邦所签订的国际条约另有规定的除外。

2. 如果另一资合公司(母公司)由于在其注册资本中占有控制地位,或者根据它们之间的合同,或者以其他方式有可能决定该公司所通过的决议,则该公司被视为子公司。

3. 子公司对本公司的债务不承担责任。

有权对子公司发布强制指令的母公司对子公司为执行该指令而签订的合同承担连带责任。只有母公司与子公司签订相关协议或者在子公司的章程中有规定的情况下,母公司才具有对子公司发布强制性指令的权利。

在由于母公司的过错导致子公司丧失支付能力(破产)的情况下,母公司对其债务承担补充责任。只有在母公司运用指令和(或)控制子公司实施行为,并明知会导致子公司丧失支付能力(破产)的情况下,才可认定子公司的丧失支付能力(破产)是由于母公司的过错所致。

子公司的股东有权要求母公司赔偿由于其过错给子公司造成的损失。只有在母公司运用其所具有的控制子公司实施行为的权力和(或)能力,并明知会给子公司造成损失的情况下,才可认定是母公司的过错造成了子公司的损失。

4. 如果另一(优势)公司拥有该公司 20% 以上的有表决权的股份,则该公司被认定为附属公司。

一公司收购另一公司表决权股超过 20% 时,必须立即按照联邦有价证券市场行政机关和联邦反垄断机关规定的程序公告这一信息。

(2001 年 8 月 7 日第 120 号联邦法修订)

第 7 条　开放式和封闭式公司

1. 公司可以为开放式,也可以为封闭式,这反映在公司章程和名称中。

2. 依照本联邦法和俄罗斯联邦其他法律文件的要求,开放式公司有权以公开认购方式发行股份,并有权自由销售其所发行的这些股份。开放式公司也有权以不公开方式发行股份,但公司章程或俄罗斯联邦法律文件要求限制不公开认购的情形除外。

(2001 年 8 月 7 日第 120 号联邦法修订)

开放式公司的股东人数不受限制。

开放式公司不得规定该公司或其股东对该公司股东让与的股份享有优先购买权。

(2001 年 8 月 7 日第 120 号联邦法增加本段)

3. 封闭式公司是指其股份只在其发起人或事先确定范围内的人之间发行股份的公司。此类公司无权公开发行股份,或以其他方式向不特定公众募集股份。

封闭式公司的股东人数不得超过 50 人。

如果封闭式公司的股东超过本款规定的人数,该公司在 1 年内应当转为开放式公司。如果股东人数不减少到本款规定的人数以下,公司应当按照法定程序进行清算。①

封闭式公司的股东对本公司其他股东向他人出售的股份,在同等条件下按照自己在公司总股份中所占比例享有优先购买权,公司章程对实现该项权利另有规定的除外。如果股东没有行使股份的优先购买权,则封闭式公司的章程可以规定公司享有其股东所出售股份的优先购买权。

(2001 年 8 月 7 日第 120 号联邦法修订)

意欲将自己的股份出售给第三人的公司股东,必须将此意向书面通知公司其他股东和公司,并标明股份出售的价格和其他条件。该信息由公司通告公司股东。如果公司章程无另外规定,则通知公司股东的费用应当由意欲出售自己股份的股东承担。

(2001 年 8 月 7 日第 120 号联邦法修订)

如果公司股东和(或)公司对拟出售的股份没有行使优先购买权,以及如果公司章程没有规定更短的期限,则自这一通知发出之日起的 2 个月内,可以按照告知公司和公司股东的价格和条件将股票出售给第三人。公司章程规定的行使优先权的期限,自意欲将自己的股份出售给第三人的股东向其他股东和公司通知之日起,不应少于 10 日。如果在优先权期限届满前,已接到来自公司全体股东的关于行使或者拒绝行使优先权的书面声明,则优先权的有效期即告终止。

(2001 年 8 月 7 日第 120 号联邦法增加本段)

在公司章程规定了公司购买股份的优先权的条件下,如果在出售股份时侵犯了优先权,任何一个公司股东和(或)公司有权自其得知或应当得知这一侵权之时起的 3 个月内,要求按照法定程序将股份买受人的权利和义务移转给他们。

---

① 本联邦法第 7 条第 3 款第 2 段和第 3 段规定不适用于本联邦法施行前成立的封闭式股份公司,此前成立的封闭式股份公司的股东人数没有限制(参见本联邦法第 94 条第 4 款规定)。——译者注

（2001 年 8 月 7 日第 120 号联邦法增加本段）

上述优先权不得让与。

（2001 年 8 月 7 日第 120 号联邦法增加本段）

4. 在联邦法律规定的情况下,俄罗斯联邦、俄罗斯联邦主体或自治地方机构作为公司发起人的公司(不包括在国有和自治地方所有企业私有化过程中组建的公司)只能是开放式公司。

第二章　公司的设立、改组和清算

（2001 年 8 月 7 日第 120 号联邦法修订）

第 8 条　公司的成立

公司可以通过新设,也可以通过现有法人的改组(合并、分立、分设和组织形式变更)而成立。

（2001 年 8 月 7 日第 120 号联邦法修订）

公司自进行国家登记之时起视为成立。

第 9 条　公司的设立

1. 公司根据发起人(或一个发起人)的决议而成立。发起人会议通过设立公司决议。一个人设立公司时,由该人一人作出设立公司的决议。

2. 设立公司决议的内容应包含发起人表决结果和他们所作出的有关公司设立事项的决议、确认公司章程、选举公司管理机关和监察委员会(监察员)事项。

（2006 年 7 月 27 日第 146 号联邦法修订第 2 款）

3. 有关公司设立、制定公司章程、对发起人用于支付公司股款的可以用货币估价的有价证券、其他物品或财产权或其他权利的评估作价决议,由发起人一致通过。

4. 公司管理机关和公司监察委员会(监察员)的选举、在本款规定的情

况下公司审计人的确认,由公司发起人代表在公司发起人间发行股份的 3/4
以上多数表决通过。

在公司设立时,发起人可以确认公司审计人。在这种情况下,公司设立
合同的内容应包含公司发起人表决结果和发起人所作出的确认公司审计人
的决议。

(2006 年 7 月 27 日第 146 号联邦法修订第 4 款)

5. 公司发起人之间签订有关公司成立的书面合同,确定设立公司共同
行为的程序、公司注册资本额、发起人股的种类、缴纳股款的数额和程序、发
起人成立公司的权利和义务等。设立公司合同不是公司设立文件。

一人设立的公司,设立公司的决议应当规定公司注册资本额、股份的种
类(类型)、股款支付的金额和程序。

(2001 年 8 月 7 日第 120 号联邦法增加本段)

6. 有外国投资人参加设立的公司,由联邦法另行规定。

(2001 年 8 月 7 日第 120 号联邦法修订第 6 款)

第 10 条　公司发起人

1. 决定设立公司的公民和(或)法人为公司发起人。

国家机关和地方自治机关不能作为公司发起人,联邦法另有规定的
除外。

2. 开放式公司的发起人人数不受限制。封闭式公司的发起人不得超过
50 人。

由唯一发起人(股东)成立的公司不能拥有另一个一人资合公司,联邦
法另有规定的除外。

(2007 年 2 月 5 日第 13 号联邦法修订)

3. 公司发起人对在该公司进行国家登记之前发生的与设立公司有关的
债务承担连带责任。

只有在股东大会批准发起人活动的情况下,公司才对发起人与公司设

立有关的债务承担责任。

第 11 条 公司章程

1. 公司章程是公司的设立文件。

2. 公司所有机关及其股东必须执行公司章程规定的要求。

3. 公司章程应当包括以下内容：

公司全称和简称；

公司住所；

公司类型（开放式或封闭式）；

股份的数量、票面价值、种类（普通股、优先股）和公司发售的优先股的种类；

每一种类（类型）股票的持有者——股东的权利；

公司的注册资本额；

公司管理机关及其权限和通过决议的程序；

筹备和举行股东大会的程序，其中包括其决议应当由公司管理机关法定多数一致通过的问题的清单；

关于公司分支机构和代表处的信息；

本联邦法和其他联邦法规定的其他条款。

（2001 年 8 月 7 日第 120 号联邦法修订）

公司章程可以规定一个股东拥有股份数的限制及其票面总额，规定一个股东享有的最多表决权数。

公司章程还可以规定与本联邦法和其他联邦法不相违背的条款。

公司章程应当包含俄罗斯联邦、俄罗斯联邦主体或自治地方机关参与管理该公司的专门权利（"金股"）的信息。

（2001 年 8 月 7 日第 120 号联邦法增加本段）

4. 公司必须在合理的期限内向提出要求的股东、审计人或任何利益相关者提供了解公司章程的可能，其中包括对章程的修改和补充的内容。根据股东要求,公司必须向其提供现行公司章程的副本。公司因提供副本而收取的费用不得超过工本费。

第 12 条 公司章程的修改和补充或公司章程新文本的确认(2001 年 8 月 7 日第 120 号联邦法修订)

1. 公司章程可以根据股东大会的决议进行修改和补充,或确认新的公司章程文本,本条第 2—6 款规定的情形除外。

(2006 年 7 月 27 日第 146 号联邦法修订)

2. 根据增加公司注册资本的股东大会决议,或者在公司章程对作出该项决议授权的情况下根据公司董事会(监事会)决议,根据以减少股份面值方式减少公司注册资本的股东大会决议,根据发售股份和可转股有价证券的其他决议、股份发行结果登记报告或者依照联邦法股份发行程序没有规定对股份发行结果需要进行国家登记的情况下有价证券国家登记簿摘要,依据股份发售结果对公司章程进行修改和补充,其中也包括与增加公司注册资本有关的修改。在以发售新股增加公司注册资本时,注册资本的增加额为所发售新股的面值额;而特定种类待发行股份的减少数为特定种类股份的新股发售数。

(2006 年 7 月 27 日第 146 号联邦法修订第 2 款)

3. 通过收购公司股份予以注销以减少公司注册资本,根据股东大会减少注册资本的决议和公司董事会(监事会)确认的股份收购结果的报告,对公司章程进行修改和补充。在本联邦法规定的情形下,通过注销公司自有股份的方式减少公司注册资本,根据股东大会减少公司注册资本的决议和公司董事会(监事会)确认的股份注销结果报告,对公司章程进行修改和补充。在这种情况下,公司注册资本的减少额为所注销股份的票面金额。

(2006 年 7 月 27 日第 146 号联邦法修订第 3 款)

4. 根据俄罗斯联邦政府、俄罗斯联邦主体国家权力机关或地方自治机关关于运用专门权利("金股")参与公司管理的决议信息写进公司章程,但不包括根据这些机关的决定终止上述专门权利效力的信息。

5. 根据公司董事会(监事会)的决议,将与成立公司分支机构、开设公司代表处及其清算有关的变更写入公司章程。

6. 根据合并协议通过以合并方式改组而成立公司时发售股份的结果和该公司成立时股份发行结果登记报告,对公司章程标明其注册资本的部分,其中也包括所发行的股份数,进行修改和补充。

(2006 年 7 月 27 日第 146 号联邦法增加第 6 款)

第 13 条　公司的国家登记

1. 公司应当按照联邦法人国家登记法规定的程序在实行法人国家登记的机关进行国家登记。

2. (2002 年 3 月 21 日第 31 号联邦法删除第 2 款)

第 14 条　公司章程修改和补充或公司章程新文本的国家登记

1. 按照本联邦法第 13 条规定的公司登记程序对公司章程进行修改和补充或对公司章程新文本进行国家登记。

2. 公司章程的修改和补充或公司章程新文本的国家登记,自其完成国家登记之时起对第三人发生效力;而在本联邦法规定的情况下,自实施国家登记机关发布公告之时起对第三人发生效力。

第 15 条　公司改组

1. 公司可以按照本联邦法规定的程序自愿进行改组。超过 25% 的股份为联邦所有的自然垄断主体公司,由确定该种公司改组依据和程序的联邦法另行特别规定。

(1999 年 5 月 24 日第 101 号联邦法修订)

公司改组的其他依据和程序,由《俄罗斯联邦民法典》和其他联邦法规定。

2. 公司可以通过合并、兼并、分立、分设和组织形式变更进行改组。

3. 通过改组成立的公司,其财产只能由被改组公司的财产构成。

（2001 年 8 月 7 日第 120 号联邦法增加第 3 款）

4. 公司自新产生的法人重新完成国家登记之时起视为改组完成，但以兼并方式实行改组的除外。

当公司改组是采取一个公司兼并另一个公司的方式时，自被兼并公司停止经营活动并在统一的法人国家登记簿中备案之时起，该公司被认定为改组完成。

（2001 年 8 月 7 日第 120 号联邦法修订）

5. 改组后重新产生的公司和被改组的公司停止经营活动，按照联邦法规定的程序进行国家登记和备案。

6. 自公司改组的决议通过之日起，以合并或兼并方式改组公司则自参加合并或兼并的公司中的最后一个公司通过改组决议之日起的 30 日内，公司必须将通过的决议书面通知公司债权人，并在事先指定的刊登法人国家登记信息的媒体上予以公告。在这种情况下，公司债权人自向其发出通知或公告决议之日起的 30 日内，有权书面要求终止改组或者提前履行公司的相应债务，并向其赔偿损失。

因改组而成立的公司和被改组公司停止经营活动，在提交债权人接到通知证明的情况下，按照本款规定的程序进行国家登记。

如果财产分割协议或移交文件不能确定被改组公司的权利承受人，则因改组而设立的法人应当对被改组公司对于其债权人的债务承担连带责任。

移交文件、财产分割协议应当包含被改组公司对所有债权人和债务人的权利义务承担内容，其中也包括有争议的债务，以及在被改组公司财产的种类、构成、价值发生变化的情况下和在移交文件、财产分割协议编制后被改组公司的权利和义务可能发生的产生、变更和终止的情况下如何确定权利和义务的承担程序。

（2006 年 7 月 27 日第 146 号联邦法增加本段）（2001 年 8 月 7 日第 120

号联邦法修订第 6 款）

7. 合并合同、兼并合同或者以分立、分设、组织形式变更方式改组公司的决议，可以规定自公司改组决议通过时起至改组完成时止被改组公司实施特定交易和（或）某种交易的特别程序或者禁止进行交易。违反上述特别程序或禁止性规定所实施的交易，可以根据被改组公司和在实施交易时具有股东资格的被改组公司股东的诉讼请求而认定交易无效。

对于本联邦法第 16 条第 3 款第 5—7 项、第 18 条第 3 款第 4—6 项、第 19 条第 3 款第 4—6 项、第 20 条第 3 款第 4—7 项所列人员，合并合同或以分立、分设、组织形式变更方式改组公司的决议应包含以下内容：

自然人的姓名、身份证资料（证件批次和号码、签发证件的日期和地点、签发证件的机关）；

如果合同或者决议规定，通过改组而成立公司的独任制执行机关权能移转给管理组织行使，则管理组织的名称、住所信息。

如果合并合同或者通过分立、分设、组织形式变更方式改组公司的决议指定了改组后公司的审计人，则该合同或决议应包含以下内容：

审计组织的名称、住所信息；

未组建为法人而从事审计活动的经营者的姓名、身份证信息（证件批次和号码、签发证件的日期和地点、签发证件的机关）。

（2006 年 7 月 27 日第 146 号联邦法增加第 7 款）

第 16 条　公司的合并

1. 公司的合并是指将两个或几个公司的全部权利和义务移转给新成立的公司，同时原公司解散。

2. 参加合并的各个公司应签订合并协议，该协议规定合并的程序和条件以及每个公司的股份转换为新公司股份的程序。公司董事会（监事会）应将关于以合并的形式改组、批准合并协议、批准移交文件等事项，提交参加合并的每一个公司的股东大会作出决议。

如果改组后所成立公司的章程,依照本联邦法未规定所成立公司股东大会的职能由该公司的董事会(监事会)行使,每一合并公司的股东大会应对通过合并方式改组每一公司事项作出决议,其中包括对合并合同、参加合并公司移交文件和通过合并方式改组所成立公司章程的确认;还应对所成立公司董事会(监事会)董事的选举事项作出决议,其人数不超过合并合同草案对每一参加合并公司所确定的名额。每个参加合并的公司所选出的新成立公司董事会(监事会)董事人数与新成立公司董事会(监事会)董事总数之比,由新成立公司应发售给参加合并相应公司股东的股份数与新成立公司应发售股份总数的比例关系确定。依照本款计算的每一参加合并公司所选出的新成立公司董事会(监事会)董事人数,依照现行规则归为整数。

(2006 年 7 月 27 日第 146 号联邦法增加第 2 款)

3. 合并合同应当包含以下内容:

(1)每一参加合并公司的名称、住所信息以及通过合并方式改组所成立公司的名称、住所信息;

(2)合并的程序和条件;

(3)每一参加合并公司股份换为所成立公司股份的转换程序和转换比率(系数);

(4)如果改组后所成立公司的章程,依照本联邦法未规定所成立公司董事会(监事会)的职能由该公司的股东大会行使,标明每一参加合并的公司选举所成立公司董事会(监事会)董事的人数;

(5)所成立公司的监察委员会成员名单或标明审计人;

(6)如果所成立公司的章程规定了公司委员会制执行机关,且其组建属于公司股东大会的职权,所成立公司委员会制执行机关人员名单;

(7)标明行使所成立公司独任制执行机关职能的人员;

(8)如果依照联邦法规定,所成立公司的股东名册应由管理有价证券持有人名册的有价证券市场职业参加人(下称登记人)进行管理,登记人的名称、住所信息。

（2006 年 7 月 27 日第 146 号联邦法修订第 3 款）

3.1. 合并合同可以标明以合并方式改组所成立公司的审计人、登记人，标明所成立公司独任制公司执行机关的权能移转给管理组织或管理人，本条第 3 款第 5—7 项所列人员的资料信息，不与联邦法相抵触的有关改组的其他条款。

（2006 年 7 月 27 日第 146 号联邦法增加第 3.1 款）

4. 在公司合并时，属于参加合并的其他公司的公司股份，以及属于参加合并公司的自有股份，应予注销。

（2001 年 8 月 7 日第 120 号联邦法增加第 4 款）

5. 在公司合并时，参加合并的每一个公司的所有权利和义务根据移交文件移转给新产生的公司。

第 17 条　公司的兼并

1. 公司的兼并是指一个或几个公司因其全部权利和义务移转给另一个公司而解散。

2. 被兼并公司和实施兼并的公司要签订兼并合同。

每一参加兼并的公司的董事会（监事会）将以兼并方式改组公司的事项提交各公司股东大会决定。如果兼并合同作出规定，实施兼并的公司的董事会（监事会）还应将其他事项提交该公司的股东大会决定。

实施兼并的公司的股东大会对以兼并方式改组的事项作出决议，其中也包括对兼并合同的确认；如果兼并合同作出规定，还应对其他事项（其中包括对该公司章程所作的变更和补充）作出决议。被兼并的公司的股东大会对以兼并方式改组事项作出决议，其中也包括对兼并合同、移交文件的确认。

（2006 年 7 月 27 日第 146 号联邦法修订第 2 款）

3. 兼并合同应包含以下内容：

（1）每一参加兼并的公司的名称、住所信息；

（2）兼并的程序和条件；

（3）被兼并公司股份转为实施兼并的公司股份的转换程序和公司股份转换比率（系数）。

（2006 年 7 月 27 日第 146 号联邦法修订第 3 款）

3.1. 兼并合同可以包含实施兼并公司章程修改和补充方面的内容以及不与联邦法相抵触的其他条款。

（2006 年 7 月 27 日第 146 号联邦法增加第 3.1 款）

4. 公司兼并时应予注销的股份包括：

（1）被兼并公司所有的股份；

（2）为实施兼并的公司所有的被兼并公司的股份；

（3）如果兼并合同作出规定，为被兼并公司所有的实施兼并的公司的股份。

（2006 年 7 月 27 日第 146 号联邦法修订第 4 款）

4.1. 依照本条第 4 款第 3 项，如果属于实施兼并公司自有的股份不应予以注销，但这些股份没有表决权，在表决时不予计算，也不分配股利。公司应当在取得这些股份的 1 年内将这些股份以不低于市场价的价格出售，否则公司必须作出以注销这些股份减少公司注册资本的决议。

（2007 年 7 月 27 日第 146 号联邦法增加第 4.1 款）

5. 一个公司兼并另一个公司时，被兼并公司依照移交文件向后者移转公司全部的权利和义务。

第 18 条　公司的分立

1. 公司的分立是指一个公司因向新成立的几个公司移转所有权利和义务而解散。

2. 如果依照本联邦法，所成立公司的章程没有规定由该公司董事会（监事会）行使该公司股东大会的职能，以分立方式被改组公司的董事会（监事会)将以分立方式改组公司事项以及因分立所成立每一公司董事会(监事会)董事的选举事项提交该公司股东大会决定。

(2006 年 7 月 27 日第 146 号联邦法修订第 2 款)

3. 以分立方式被改组公司的股东大会,对以分立方式被改组公司事项作出公司改组决议,内容应当包括:

(1) 以分立方式改组所成立每一公司的名称、住所信息;

(2) 分立的程序和条件;

(3) 被改组公司股份转为每一被改组公司股份的转换程序和这些公司股份转换的比率(系数);

(4) 所成立公司的监察委员会成员名单或标明监察人;

(5) 如果所成立公司的章程规定了委员会制公司执行机关,且其组建属于公司股东大会的职权,所成立公司委员会制执行机关人员名单;

(6) 标明行使所成立每一公司独任制公司执行机关职能的人员;

(7) 标明对财产分割协议的确认,并附财产分割协议;

(8) 标明对每一所成立公司章程的确认,并附公司章程;

(9) 如果依照联邦法规定,每一所成立公司的股东名册应由登记人管理,登记人的名称、住所信息。

(2006 年 7 月 27 日第 146 号联邦法修订第 3 款)

3.1. 以分立方式改组公司的决议可以标明以分立方式改组所成立公司的审计人、所成立公司的登记人,标明所成立公司独任制公司执行机关的权能移转给管理组织或管理人,本条第 3 款第 4—6 项所列人员的资料信息,不与联邦法相抵触的有关改组的其他条款。

(2006 年 7 月 27 日第 146 号联邦法增加第 3.1 款)

3.2. 以分立方式改组所成立每一公司的董事会(监事会),由被改组公司股东选举产生,依照公司改组决议,应在这些股东间发售相应成立公司的普通股;以及由被改组公司优先股(在公司改组决议通过时依照本联邦法第

32 条第 5 款为表决权股)持有人股东选举产生,依照公司改组决议,应在这些股东间发售相应成立公司的优先股。

(2006 年 7 月 27 日第 146 号联邦法增加第 3.2 款)

3.3. 投票反对通过公司改组决议或未参加公司改组决议表决的被改组公司的每一个股东,有权取得以分立方式进行公司改组所成立每一公司的股份,股份权以其所拥有的被改组公司的股份数按比例享有。

(2006 年 7 月 27 日第 146 号联邦法增加第 3.3 款)

4. 在公司分立时,依照财产分割协议,公司所有的权利和义务移转给两个或两个以上新成立的公司。

第 19 条 公司的分设

1. 公司的分设是指一个公司被改组成立一个或几个公司,部分权利和义务随之移转,被改组公司继续存续。

2. 如果依照本联邦法,相应所成立公司的章程没有规定由该公司董事会(监事会)行使该公司股东大会的职能,以分设方式被改组公司的董事会(监事会)将以分设方式改组公司事项以及因分设所成立每一公司董事会(监事会)董事的选举事项提交该公司股东大会决定。

(2006 年 7 月 27 日第 146 号联邦法修订第 2 款)

3. 以分设方式被改组公司的股东大会,对以分设方式被改组公司事项作出公司改组决议,内容应当包括:

(1) 以分设方式改组所成立每一公司的名称、住所信息;

(2) 分设的程序和条件;

(3) 每一所成立公司股份发售的方式(被改组公司股份转换为所成立公司的股份、所成立公司的股份在被改组公司股东间的分配、被改组公司自身取得所成立公司的股份),发售程序,而在被改组公司股份转为所成立公司股份的情况下,这些公司股份的转换比率(系数);

(4) 所成立每一公司的监察委员会成员名单或标明监察人;

（5）如果所成立公司的章程规定了委员会制公司执行机关,且其组建属于公司股东大会的职权,所成立公司委员会制执行机关人员名单;

（6）标明行使所成立每一公司独任制公司执行机关职能的人员;

（7）标明对财产分割协议的确认,并附财产分割协议;

（8）标明对每一所成立公司章程的确认,并附公司章程;

（9）如果依照联邦法规定,每一所成立公司的股东名册应由登记人管理,登记人的名称、住所信息。

（2006 年 7 月 27 日第 146 号联邦法修订第 3 款）

3.1. 以分设方式改组公司的决议可以标明以分设方式改组所成立公司的审计人、所成立公司的登记人,标明所成立公司独任制公司执行机关的权能移转给管理组织或管理人,本条第 3 款第 4—6 项所列人员的资料信息,不与联邦法相抵触的有关改组的其他条款。

（2006 年 7 月 27 日第 146 号联邦法增加第 3.1 款）

3.2. 以分设方式改组所成立每一公司的董事会（监事会）,由被改组公司股东选举产生,依照公司改组决议,应在这些股东间发售相应成立公司的普通股;和由被改组公司优先股（在公司改组决议通过时依照本联邦法第 32 条第 5 款为表决权股）持有人股东选举产生,依照公司改组决议,应在这些股东间发售相应成立公司的优先股。

如果依照以分设方式改组公司的决议,所成立公司的唯一股东为被改组的公司,则所成立公司的董事会（监事会）由被改组公司的股东选举产生。

（2006 年 7 月 27 日第 146 号联邦法增加第 3.2 款）

3.3. 如果以分设方式改组公司的决议规定,被改组公司的股份转换为所成立公司的股份,或所成立公司的股份在被改组公司的股东间进行分配,则投票反对通过公司改组决议或未参加公司改组决议表决的被改组公司的每一个股东,均有权取得每一所成立公司的股份,股份权以其所拥有的被改组公司的股份数按比例享有。

（2006 年 7 月 27 日第 146 号联邦法增加第 3.3 款）

4. 在公司分立时，依照财产分割协议，公司所有的权利和义务移转给两个或两个以上新成立的公司。

第 19.1 条 与合并或者兼并同时进行的公司分立或分设的特别规定（2006 年 7 月 27 日第 146 号联邦法增加本条）

1. 公司股东大会通过以分立或者分设方式改组公司的决议可以规定，以分立或者分设方式改组公司成立一个或几个公司，同时，所成立的公司与其他一个或几个公司进行合并，或同时将成立的公司并入其他公司。在这种情况下，依照本联邦法第 15—19 条规定进行改组，本条另有规定的除外。

2. 合并合同或兼并合同，由依照本条规定以分立或者分设方式被改组的公司股东大会决议确定的人以分立或者分设方式改组所成立公司的名义签订。

3. 依照本条规定以分立或者分设方式被改组公司的董事会（监事会），在提出以分立或者分设方式改组公司的事项时，也可以提出以分立或者分设方式改组而成立的公司与其他一个或几个公司合并或并入其他公司的事项，提交股东大会作出决议。

4. 依照本条规定以分立方式被改组公司的股东大会，依照本联邦法第 16 条或第 17 条和第 18 条的规定，对以下事项作出相应决议：

（1）以分立方式改组公司；

（2）对以分立方式改组所成立的公司，以与其他一个或几个公司进行合并方式或者并入其他公司方式进行改组。

5. 依照本条规定以分设方式被改组公司的股东大会，依照本联邦法第 16 条或第 17 条和第 19 条的规定，对以下事项作出相应决议：

（1）以分设方式改组公司；

（2）对以分设方式改组所成立的公司，以与其他一个或几个公司进行合并方式或者并入其他公司方式进行改组。

6. 公司股东大会依照本条规定以分立方式或者以分设方式改组公司的决议,可以规定以下情形作为这一决议生效的条件,即被改组公司的股东大会通过以分立或者分设方式改组所成立的公司同时与其他一个或几个公司进行合并,或者同时并入其他公司的决议和(或)其他一个或几个参加合并或者兼并的公司股东大会通过本联邦法第 16 条第 2 款或第 17 条第 2 款所列决议。

7. 依照本条规定以分立或者分设方式改组所成立公司的有价证券的发行,其发售有价证券和发售有价证券的结果报告无须进行国家登记。这些有价证券的国家登记号或者识别号,由国家登记机关在按照联邦证券市场行政权力机关规定的程序与其他一个或几个公司进行合并时所成立的公司或者并入其他公司所成立的公司发售有价证券(新股发售)进行国家登记时一并拨给。在所成立的公司并入其他公司而未规定所并入的公司发售有价证券的情况下,由登记机关按照联邦证券市场行政权力机关规定的程序拨给所成立公司有价证券国家登记号或者识别号。

以分立或者分设方式进行公司改组,同时与一个或几个公司合并所成立公司的有价证券持有人名册,由以合并方式所成立的公司或者实行兼并的公司股东名册管理人进行管理。

8. 确定以分立或者分设方式改组所成立公司作为以分立或者分设方式被改组公司的权利承受人的分割协议为移交文件,根据该文件,以分立或者分设方式被改组公司的权利和义务移转给以合并方式改组所成立的公司或以分立或者分设方式改组成立的公司所并入的公司。

9. 以分立或者分设方式改组公司,而同时又以合并方式改组公司,自以合并方式改组所成立的公司进行国家登记之时起,合并方式改组视为完成。

自以分立或者分设方式改组所成立的公司终止活动在法人国家统一登记簿备案时起,以分立或者分设方式对公司进行改组而同时又以兼并方式进行的改组视为完成。与此同时,对以分立或者分设方式改组所成立公司的国家登记,也在法人国家统一登记簿中予以备案。在这种情况下,先对以分立或者分设方式改组所成立的公司进行国家登记,然后再对其活动终止的情况进行备案。

第20条 公司的组织形式变更

1. 公司有权依照联邦法要求变更为有限责任公司或生产合作社。

根据全体股东一致通过的决议,公司有权变更为非商业合伙。

(2001年8月7日第120号联邦法增加本段)

2. 以变更组织形式方式被改组公司的董事会(监事会)将公司以变更组织形式改组事项提交该公司的股东大会作出决议。

(2006年7月27日第146号联邦法修订第2款)

3. 以变更组织形式被改组公司的股东大会,就以变更组织形式方式改组公司的事项作出的决议,应包括以下内容:

(1)以变更组织形式方式改组公司所成立法人的名称、住所信息;

(2)组织形式变更的程序和条件;

(3)在公司组织形式变更为有限责任(补充责任)公司或生产合作社的情况下,公司股票换为有限责任(补充责任)公司份额或生产合作社社员股份程序;或者在非商业合伙成员退出或被开除时或非商业合伙清算时,作为组织形式变更为非商业合伙的公司股东有权取得的财产构成或财产价值的确定程序;

(4)如果所成立的公司章程依照联邦法规定有监察委员会或监察员,组建监察委员会或选举监察员为所成立法人最高管理机关的职权,所成立的法人监察委员会成员名单或监察员的指定;

(5)如果该法人章程依照联邦法规定有委员会制执行机关,其组建为该法人最高管理机关的职权,所成立法人委员会制执行机关的成员名单;

(6)所成立法人履行独任制执行机关职能的人员的指定;

(7)如果所成立法人的章程依照联邦法规定有其他机关(公司股东大

会或非商业合伙成员大会除外),其组建为所成立法人最高管理机关的职权,所成立法人的其他机关成员名单;

(8)标明对移交文件的确认,并附交接文件;

(9)标明对所成立法人设立文件的确认,并附设立文件。

(2006年7月27日第146号联邦法修订第3款)

3.1. 以变更组织形式方式改组公司的决议,可以标明以变更组织形式方式改组公司而成立的法人的审计人,并包含本条第3款第4—7项所列信息资料以及与联邦法不相抵触的其他改组公司的规定。

(2006年7月27日第146号联邦法增加第3.1款)

4. 在公司组织形式变更的情况下,被改组公司的全部权利和义务按照交接文件移转给新成立的法人。

第21条　公司的清算

1. 按照《俄罗斯联邦民法典》规定的程序,并考虑本联邦法和公司章程的要求,公司可以自愿进行清算。以《俄罗斯联邦民法典》的规定为依据,公司可以根据法院作出的裁决进行清算。

公司清算导致公司终止,无须按权利继承程序向他人移转权利和义务。

2. 在自愿进行清算的情况下,被清算公司的董事会(监事会)应将关于清算公司和任命清算委员会的事项提交股东大会作出决议。

自愿解散的公司,其股东大会应对公司清算和任命清算委员会作出决议。

3. 从任命清算委员会之时起,管理公司事务的所有职权移转给清算委员会。清算委员会以被清算公司的名义参与诉讼。

4. 如果国家或自治地方组织是被清算公司的股东,那么,清算委员会的成员应当包括相关的财产管理委员会或财产基金或相关的自治地方机关的代表。

(2002年3月21日第31号联邦法修订)

第 22 条 公司清算程序

1. 清算委员会应当在公布法人登记信息的媒体上刊登关于公司清算和公司债权人提出请求的程序和期限的公告。公司债权人提出请求的期限,自发布公司清算的公告之日起不能少于 2 个月。

2. 如果在通过公司清算决议时公司不存在对债权人的债务,则公司的财产依照本联邦法第 23 条的规定在股东之间进行分配。

3. 清算委员会要采取措施查明债权人、收回债务人的欠款,并以书面形式将公司清算的决定通知债权人。

4. 在债权人提出请求的期限届满后,清算委员会编制过渡性的清算资产负债表,该表包含关于被清算公司的财产构成、债权人提出的请求和对其审核的结果。过渡性的清算资产负债表由股东大会确认。

(2002 年 3 月 21 日第 31 号联邦法修订)

5. 如果被清算公司所有的货币资金不足以满足债权人的请求,清算委员会可以按照为执行法院裁决所规定的程序公开拍卖公司的其他财产。

6. 清算委员会自过渡性资产负债表被确认之日起,按照《俄罗斯联邦民法典》规定的顺序,向被清算公司的债权人清偿货币,但第 5 顺序的债权人除外,对其清偿应当在过渡性清算资产负债表被确认之日起满 1 个月后进行。

7. 在与债权人结算后,清算委员会编制清算资产负债表,并由股东大会确认。

(2002 年 3 月 21 日第 31 号联邦法修订)

第 23 条 被清算公司财产在股东间的分配

1. 被清算公司与债权人结算后的剩余财产,由清算委员会在股东间按下列顺序分配:

第一顺序支付依照本联邦法第 75 条规定应予回购的股份;

第二顺序支付已划拨但尚未支付的优先股股利和公司章程确定的优先

股清算价值；

第三顺序是被清算公司财产在普通股和所有种类优先股持有人股东间进行分配。

2. 每一顺序的财产分配,均在前一顺序足额分配财产之后进行。公司向某种优先股支付公司章程确定的清算价值,在足额支付公司章程确定的前一顺序优先股的清算价值之后进行。

如果公司财产不足以支付已划拨但尚未支付的股利和公司章程确定的一种优先股全体持有人股东的清算价值,则财产在该种优先股持有人股东间按其所有该种股份数额的比例进行分配。

第 24 条　公司清算终结

自国家登记机关将相应记录登入法人国家统一登记簿之时起,公司清算视为终结,公司终止。

第三章　公司注册资本与公司股份、债券和其他证券及公司净资产

（2001 年 8 月 7 日第 120 号联邦法修订）

第 25 条　公司注册资本和股份

1. 公司的注册资本由股东购买公司股份的票面价值构成。

公司全部普通股的面值应当相等。

公司注册资本确定保证公司债权人利益的公司财产的最低金额。

2. 公司发售普通股,并有权发售一种或几种优先股。发售优先股的面值不得超过公司注册资本的 25% 。

（2001 年 8 月 7 日第 120 号联邦法修订）

公司设立时,其全部股份应在其发起人之间发售。

全部股份均为记名股。

3. 如果封闭式股份公司股东因行使优先购买权购买股东出售的股份,行使新股优先购买权以及股份合并不能购买一整股,则可组成部分股份(下称"小数股")。

小数股赋予其持有人股东以相应种类股份的权利,其权利范围与其组成整股的部分相当。

为了在公司章程中体现发售股总数,全部已发售股应汇总计算。如果结果是小数,则公司章程的发售股为小数。

小数股交易与整股相同。如果一个人购买 2 个或 2 个以上同种股份的小数股,这些股份组成 1 个整股和(或)1 个与这些小数股金额相当的小数股。

(2001 年 8 月 7 日第 120 号联邦法增加第 3 款)

第 26 条　公司的最低注册资本

开放式公司的注册资本应不少于公司登记时联邦法确定的 1000 个最低劳动报酬额,而封闭式公司应不少于公司登记时联邦法确定的 100 个最低劳动报酬额。

第 27 条　公司已发售股和待发售股

1. 公司章程应当确定股东购买股份(已发售股)的数量、面值和这些股份所享有的权利。公司购买和回购的股份,以及根据本联邦法第 34 条规定所有权移转给公司的股份,自其注销前为已发售股。

公司章程可以确定公司有权向已发售股增发股份(待发售股)的数量、面值、种类以及这些股份所享有的权利。公司章程没有这些规定,则公司无权发售新股。

公司章程可以规定公司发售待发售股的程序和条件。

(2001 年 8 月 7 日第 120 号联邦法修订第 1 款)

2. 与本条公司待发售股规定有关的公司章程的变更和补充,由股东大会作出决议,与发售新股结果导致股份数量减少的变更情形除外。

（2001 年 8 月 7 日第 120 号联邦法修订）

在公司发售可转换为特定种类股份的有价证券的情况下,该种类待发售股份的数量应不少于这些证券在交易期内转换所必须的数量。

公司无权通过决议变更公司发售的有价证券可转股份所享有的权利。

（2001 年 8 月 7 日第 120 号联邦法修订）

第 28 条　公司注册资本的增加（2001 年 8 月 7 日第 120 号联邦法修订）

1. 公司可以通过增加股票面值或发售新股的方式增加注册资本。

2. 以增加股票面值方式增加公司注册资本的决议,由股东大会通过。

以发售新股方式增加公司注册资本的决议,由股东大会或公司董事会（监事会）通过,如果依照公司章程的规定董事会有权通过该项决议。

以发售新股方式增加公司注册资本的决议,由公司董事会（监事会）全体董事一致表决通过,公司董事会（监事会）离任董事的表决权不计算在内。

3. 发售新股只能在公司章程确定的待发售股份的限额内发售。

以发售新股方式增加公司注册资本事项的决议,由股东大会通过,并同时依照本联邦法规定对通过该种决议所必须的待发售股条款列入公司章程或变更待发售股条款作出决定。

4. 以发售新股方式增加公司注册资本的决议,应当确定发售新股和每种优先股的数额,并不得超过该种股份待发售股份数的限额,确定发售方式、以募集方式发售新股的发售价或其确定程序,其中包括向享有优先购买权的人发售新股的价格或其确定程序,以募集方式发售新股的股款支付形式以及可以确定的其他条件。

（2005 年 12 月 27 日第 194 号联邦法修订）

5. 可以用公司自有财产以发售新股方式增加公司注册资本。只能用公司自有财产以增加股票面值方式增加公司注册资本。

用公司自有财产增加公司注册资本的金额不得超过公司净资产与公司注册资本和公基金的差额。

在用公司自有财产以发售新股方式增加公司注册资本时,这些股份在全体股东间分配。在这种情况下,向每个股东以其所拥有的股份种类按比例分配。用公司自有财产以发售新股方式增加公司注册资本不得形成小数股票。

6. 在私有化过程中成立的公司,股东大会超过 25% 的表决权的控股为国家或自治地方所有时,只有在增加注册资本时仍保持国家或自治地方份额金额和在 2001 年 12 月 21 日第 155 号联邦《国家和自治地方财产私有化法》没有另行作出特别规定的情况下,才可以发行新股方式增加公司注册资本。

(2006 年 7 月 27 日第 155 号联邦法修订第 6 款)

第 29 条　公司注册资本的减少

1. 公司有权,而在本联邦法规定的情形下,必须减少自己的注册资本。

减少公司注册资本可以通过减少股票面值或者减少股票总数的方式,其中包括在本联邦法规定的情况下收购部分股票的方式。

在公司章程作出规定的情况下,可以通过购买和注销部分股份的方式减少公司的注册资本。

如果公司因减少注册资本将使公司的注册资本额低于提交公司章程相应变更登记的文件时依照本联邦法确定的公司最低注册资本限额,则公司无权减少自己的注册资本。在依照本联邦法规定公司必须减少其注册资本的情形下,则不得低于公司进行国家注册时确定的公司最低注册资本限额。

2. 以减少股票面值或购买部分股票以缩小其总数的方式减少公司注册资本的决议,由股东大会通过。

3. 以减少股票面值方式减少公司注册资本的决议可以规定向全体股东支付货币和(或)向其移转公司所有的其他法人发售的有价证券。在这种情况下,决议应规定:

公司注册资本减少的额度;

减少面值的股票种类和每股面值减少的额度;

面值减少后每种股票的面值；

减少每种股票面值时向股东支付的货币金额和（或）减少每种股票面值时向股东移转有价证券的数额和种类。

以减少公司股票面值方式减少公司注册资本的决议，只能根据公司董事会（监事会）的提议，由公司股东大会参加会议股东所持表决权的 3/4 以上多数表决通过。

以减少公司股票面值方式减少公司注册资本并向股东移转有价证券的决议，应当规定向每个股东移转同一个发行人发行的同种类有价证券和股份数额所组成的整数以及按照股东所有股份比例减少股票面值的金额。在上述要求不能得到执行的情况下，根据本款作出的股东大会决议也不应履行。如果依照本款规定，公司股东所购买的有价证券为其他公司的股票，为了执行上述要求依照本款规定所作出的减少公司注册资本的决议可以考虑在作出该决议时尚未实施的合并或者分拆其他公司股票的结果。

公司注册资本减少的额度与减少前公司注册资本金额之比，不得低于公司股东所取得的货币和（或）公司股东购买有价证券价值之和与公司净资产额之比。为公司所有的有价证券价值和公司的净资产额，根据公司过去最后一个季度结账日的会计账簿数据确定，在此期间公司董事会（监事会）通过了召集股东大会的决议，其议程中包含对减少公司注册资本作出决议的事项。

对公司章程进行变更和补充以及与依照本款规则减少注册资本有关的变更登记文件，由公司在作出减少公司注册资本之时起的 90 日后向法人国家登记机关报送。

有权取得货币和（或）根据以减少股票面值方式减少公司注册资本的决议公司股东购买有价证券的人员名单，以对公司章程进行变更和补充以及与减少其注册资本有关的变更登记日为准进行编制。如果在作出减少公司注册资本的决议时考虑到了合并或者分拆其他公司股票的结果，有权取得货币和(或)根据以减少股票面值方式减少公司注册资本的决议公司股东购买有价证券的人员名单,以其他公司股票进行合并或者分拆发售的发行结果报告登记日为准进行编制。合并或者分拆其他公司股票的决议和减少公司注册资本的决议可以同时通过。为编制上述人员名单,股票的票面持有人应提供其所持股票的真正权利人数据资料。

4. 在下列情形下,公司无权依照本条第 3 款规则作出减少公司注册资本的决议:

在其注册资本足额缴纳之前;

依照本联邦法第 75 条规定应回购而未回购全部股份之前;

如果作出该决议之日公司符合俄罗斯联邦资不抵债(破产)立法特征,或者如果依照本条第 3 款规则支付货币和(或)转让有价证券即显现上述特征;

如果作出该决议之日其净资产值低于注册资本、公基金,并超过公司章程确定的优先股清算价值的票面价值,或者依照本条第 3 款规则支付货币和(或)转让有价证券的结果会低于注册资本、储备基金,并超过公司章程确定的优先股价值的票面价值;

在足额缴纳待发售股股款,但未支付股利,其中包括未支付累积优先股的累积股利之前;

联邦法规定的其他情形。

(2006 年 7 月 27 日第 146 号联邦法修订第 4 款)

5. 在下列情形下,公司无权依照本条第 3 款规则支付货币和(或)转让有价证券:

如果支付日公司符合俄罗斯联邦资不抵债(破产)立法规定的资不抵债特征或如果支付货币和(或)转让有价证券即显现上述特征;

如果支付日公司净资产值低于公司注册资本、储备基金,并超过公司章程确定的优先股价值的票面价值或依照本条第 3 款规则支付货币和(或)转让有价证券的结果便会低于上述金额；

联邦法规定的其他情形。

在本款第2—4段情形消失后,公司必须向公司股东支付货币和(或)移转有价证券。

(2006年7月27日第146号联邦法增加第5款)

第30条　通知债权人关于公司注册资本的减少

1. 公司必须在作出减少公司注册资本决议之日起的30日内将公司减少注册资本及其新资本额书面通知公司债权人,并在指定的发布法人国家登记信息的媒体上予以公告所作出的决议。在这种情况下,公司债权人有权在向其发出通知之日起的30日内或公告决议之日起的30日内书面请求提前终止或履行公司相应债务,并赔偿其损失。

2. 对公司章程进行与减少公司注册资本有关的变更登记,应有按照本条规定程序通知债权人的证明。①

第31条　公司普通股持有人股东的权利

1. 公司每一普通股赋予其持有人股东相同范围的权利。

2. 公司普通股持有人股东依照本联邦法和公司章程的规定,可以参加股东大会,在其职权范围内对所有事项享有表决权,并有权取得股利,而在公司清算的情况下,有权取得公司的部分财产。

3. 禁止普通股转换为优先股、债券和其他有价证券。

(2001年8月7日第120号联邦法增加第3款)

---

① 2001年10月10日俄罗斯联邦最高法院全体会议第12号决议规定,法官或法院在审理起诉股份公司管理机关决议的案件时无权禁止召开股东大会,因为这与《俄罗斯联邦宪法》第31条保障俄罗斯联邦公民不携带武器和平集会、召开会议和示威、游行和静坐示威权利的规定相抵触,也侵犯未对股东大会决议提起诉讼的股东参加该文件第31条规定的股东大会的权利。
——КонсультантПлюс注

第 32 条　公司优先股股东的权利

1. 公司优先股持有人股东不享有股东大会表决权,本联邦法另有规定的除外。

（2001 年 8 月 7 日第 120 号联邦法修订）

公司同种优先股赋予其持有人股东相同范围的权利,具有相同的面值。

2. 公司章程中应当规定每种优先股的股利金额和(或)在公司清算时优先股的支付价值(清算价值)。优先股股利金额和清算价值按固定的货币金额或面值比例确定。如果公司章程规定了确定程序,优先股股利和清算价值视为确定。未确定股利金额的优先股持有人,享有与普通股持有人取得股利的同等权利。

如果公司章程规定了 2 种以上的优先股,其中对每种优先股都确定了股利金额,公司章程还应规定每种优先股股利的支付顺序。而如果公司章程规定了 2 种以上的优先股,其中对每种优先股都确定了清算价值,则也应规定每种优先股清算价值的支付顺序。

（2001 年 8 月 7 日第 120 号联邦法修订）

公司章程可以规定,未支付或未足额支付章程确定金额的某种优先股股利,可以累积计算,并在公司章程确定的期限内支付(累积优先股)。如果公司章程未确定该期限,优先股不能作为累积优先股。

（2001 年 8 月 7 日第 120 号联邦法修订）

（2001 年 8 月 7 日第 120 号联邦法删除本段）

3. 公司章程可以规定,根据其持有人股东的请求,某种优先股转换为普通股或其他种类的优先股,或在公司章程确定的期限内该种股份全部转换。在这种情况下,在作为发售可转换优先股根据的决议通过之时,公司章程应当确定其转换程序,其中包括所转换股份的数量、种类和其他转换条件。公司章程的上述规定,在作为发售可转换优先股根据的决议通过之后不得变更。

　　除股票之外,优先股不得转换为债券和其他有价证券。只有在公司章程有规定以及依照本联邦法公司进行改组的情况下,才允许优先股转换为普通股和其他种类的优先股。

　　(2001 年 8 月 7 日第 120 号联邦法增加第 3 款)

　　4. 优先股持有人股东参加股东大会,对决定公司改组和清算事项享有表决权。

　　某种优先股持有人股东,对股东大会决定限制该种优先股持有人股东权利的公司章程修改和补充事项享有表决权,其中包括对前一支付顺序优先股确定或者提高股利金额和(或)确定或者提高清算价值以及赋予其他优先股持有人股东股利和(或)清算价值优先支付顺序的情形。如果除权利受到限制的优先股持有人股东的表决权外,代表 3/4 以上参加股东大会表决权股持有人股东投票赞成和权利受到限制的每种优先股全部持有人股东的 3/4 以上投票赞成,修改和补充公司章程的决议视为通过,公司章程对通过该决议规定了较高表决权数的除外。

　　(2001 年 8 月 7 日第 120 号联邦法修订第 4 款)

　　5. 由公司章程确定股利金额的某种优先股持有人股东,自对该种优先股无故未通过支付股利决议或通过不足额支付股利决议之股东大会年会的下一届会议开始,有权参加股东大会,并对其职权范围内的所有事项享有表决权,但累积优先股持有人股东除外。

　　(2001 年 8 月 7 日第 120 号联邦法修订)

　　如果股东大会年会应作出向某种累积优先股足额支付股利的决议而未作出决议或作出不足额支付股利的决议,该种累积优先股持有人股东自该年会以后的下一次会议开始有权参加股东大会,并对其职权范围内的所有事项享有表决权。该种累积优先股持有人股东参加股东大会的权利,自向上述股份支付全部累积股利之时起终止。

　　6. (2001 年 8 月 7 日第 120 号联邦法删除)

第 33 条 公司债券和其他有价证券（2001 年 8 月 7 日第 120 号联邦法修订）

1. 公司有权发售俄罗斯联邦有价证券法律文件规定的债券和其他有价证券。

（2001 年 8 月 7 日第 120 号联邦法修订）

2. 公司根据公司董事会（监事会）通过的决议发售证券和其他有价证券，公司章程另有规定的除外。

（2001 年 8 月 7 日第 120 号联邦法修订）

公司应当根据股东大会的决议发售可转换为股份的债券和可转股其他有价证券，或者根据公司章程的规定，公司董事会有权通过发售可转换为股份的债券和可转股其他有价证券的决议，则根据公司董事会的决议发售上述证券。

（2001 年 8 月 7 日第 120 号联邦法增加本段）

公司董事会（监事会）对发售可转换为股份的债券和可转股其他有价证券作出决议，必须经公司董事会（监事会）全体成员的一致同意通过，在这种情况下，离职董事的表决权不计算在内。

（2005 年 12 月 27 日第 194 号联邦法增加本段）

3. 债券证明其持有人有权要求按照规定的期限注销债券（支付票面价值或票面价值与利息）。

（2001 年 8 月 7 日第 120 号联邦法修订）

发行债券决议应确定债券注销形式、期限和其他条件。

公司只有在足额缴纳其注册资本之后才允许发行债券。债券应有票面价值。公司债券的票面价值不得高于公司的注册资本额和（或）第三人为此提供的担保限额。公司存续超过 2 年，并且 2 个财务会计年度终了后的财务会计报告都得到依法确认，公司才能在没有第三人提供担保的情况下发行债券。以上限制不适用于以不动产担保和联邦有价证券法规定的发行债券的其他情形。

（2006 年 7 月 27 日第 138 号联邦法修订）

公司可以发行在相同期限内注销的债券或在一定期限内分批注销的债券。

（2001 年 8 月 7 日第 120 号联邦法修订）

债券可以通过货币形式或债券发行决议规定的其他财产予以注销。

公司有权发售以公司特定财产抵押的债券，或者第三人为发行债券对公司提供担保的债券和无担保债券。

（2001 年 8 月 7 日第 120 号联邦法修订）

（2006 年 7 月 27 日第 138 号联邦法确认本段失效）

债券可以是记名债券或无记名债券。发行无记名债券，公司必须置备债券持有人名册。记名债券遗失后，公司可以在收取合理的费用后予以恢复。遗失无记名债券的持有人的权利，法院按照俄罗斯联邦诉讼法规定的程序予以恢复。

公司有权规定根据债券持有人的意愿可以提前注销债券。在这种情况下，债券发行决议中应确定提前注销债券的注销价值和期限。

（2001 年 8 月 7 日第 120 号联邦法修订）

4. 如果公司特定种类的待发售股份的数量少于债券转换该种类股份的数量，则公司无权发售可转换为股份的债券和其他有价证券。

（2001 年 8 月 7 日第 120 号联邦法修订）

第 34 条　公司发售股份股款和其他有价证券款的缴纳

1. 如果公司设立合同未规定更短的期限，则公司设立时发售的股份应当自公司进行国家登记之时起的 1 年内足额缴纳。

公司设立时在其发起人间发售的股份，自公司进行国家登记之时起的 3 个月内应当缴纳不低于 50% 的股款。

属于公司发起人所有的股份，在未足额缴纳股款之前无表决权，公司章程另有规定的除外。

在未按照本款第 1 段规定的期限足额缴纳股款的情况下,与未缴纳股款相当的金额(未移转作为股款出资的财产价值)的股份转归公司所有。公司设立合同可以规定未履行缴纳股款义务应承担的违约金(罚款、罚金)。

转归公司所有的股份没有表决权,在计票时不统计在内,不分派股利。在这种情况下,自取得这些股份之时起的 1 年内公司应当通过决议,减少自己的注册资本,或者根据公司董事会(监事会)决议,以不低于市场的价格出售这些股份以作为公司注册资本的出资。在股份的市场价格低于股份的面值时,这些股份的出售价应不低于这些股份的票面价值。如果公司在取得这些股份的 1 年内未出售这些股份,则公司必须在合理的期限内通过注销这些股份以减少公司注册资本的决议。如果在本条规定的期限内公司未作出减少注册资本的决议,法人国家登记机关,或者联邦法律授权提出请求的其他国家机关或地方自治机关,有权提请法院进行公司清算。

(2006 年 7 月 27 日第 146 号联邦法修订)

公司以募集方式发售新股和其他有价证券,应当足额缴纳。

2. 公司设立时在发起人间发售的股份,以募集方式发售的新股,可以用货币、有价证券、实物或财产权利或其他可以用货币计价的其他权利缴纳。公司设立时股款的支付形式由公司设立合同确定,而发售新股的股款支付形式则由发售决议确定。其他有价证券款只能以货币支付。

公司章程可以包含作为公司股款缴纳财产种类的限制性规定。

3. 公司设立时作为股款缴纳的财产的评估作价,由发起人协商确定。

对于作为新股股款缴纳的非货币财产,由公司董事会(监事会)根据本联邦法第 77 条的规定进行评估作价。

对于作为股款缴纳的非货币财产的市场价格,应当由独立评估人予以确定,联邦法另有规定的除外。公司发起人和公司董事会(监事会)作出的评估价格不得超过独立评估人所做估价的最高额。

（2003 年 2 月 27 日第 29 号联邦法修订）

第 35 条　公司基金和净资产

1. 公司建立储备基金,额度由公司章程规定,但不得少于其注册资本的 5%。

（2001 年 8 月 7 日第 120 号联邦法修订）

在未达到公司章程确定的额度前,公司储备基金通过每年的强制划拨形成。每年划拨的额度由公司章程规定,但在达到公司章程确定的额度前,不得少于纯利润的 5%。

在没有其他资金的情况下,公司的储备基金用于弥补亏损以及注销公司债券和回购公司股票。

储备基金不得用于其他目的。

2. 公司章程可以规定以纯利润设立公司员工特别股份基金,其资金专门用于支付该公司股东所出售的股份,以便之后发售给其员工。

以公司员工股份基金购买的股份有偿出售给公司员工时,所收取的资金用于建立上项基金。

（2001 年 8 月 7 日第 120 号联邦法修订）

3. 公司净资产的价值,根据财务会计账簿数据,按照俄罗斯联邦财政部和联邦证券市场行政权力机关规定的程序进行评估。

（2001 年 8 月 7 日第 120 号联邦法修订）

4. 如果第二和每下一财政年度,根据提交给公司股东确认的会计年度资产负债表或审计结果显示,公司的净资产值低于其注册资本,公司必须宣布减少自己的注册资本至其净资产值以下。

5. 如果第二和每下一财政年度,根据提交给公司股东确认的会计年度资产负债表或审计结果显示,公司的净资产值低于本联邦法第 26 条规定的注册资本最低限额,公司必须作出清算的决议。

6. 在本条第 4 款和第 5 款规定的情形下,公司在合理的期限内未作出减少其注册资本或进行清算的决议,债权人有权向公司要求提前终止或者履行债务,并赔偿损失。在这些情况下,法人国家登记机关或联邦法授权的其他国家机关或地方自治机关,有权向法院提出公司清算的请求。

(2001 年 8 月 7 日第 120 号联邦法修订第 6 款)

7. 如果根据审计结果显示公司的净资产低于公司的注册资本,公司董事会(监事会)有权向股东大会提议减少公司的注册资本至其净资产值以下。在这种情况下,公司董事会(监事会)有关提议的决议,应由公司董事会(监事会)全体董事一致表决通过,公司董事会(监事会)离任董事的表决权不计算在内。股东大会以参加会议所持表决权股的 3/4 以上多数通过减少公司注册资本的决议,公司必须在股东大会通过决议之后合理的期限内减少公司的注册资本。

(2006 年 7 月 27 日第 146 号联邦法增加第 7 款)

8. 在本条第 7 款规定的情况下,公司未在合理期限内减少其注册资本,法人国家登记机关或联邦法授权的其他国家机关或自治地方机关,有权向法院提出公司必须减少其注册资本的要求。

(2006 年 7 月 27 日第 146 号联邦法增加第 8 款)

第四章　公司股份和其他有价证券的发售

(2001 年 8 月 7 日第 120 号联邦法修订)

第 36 条　公司发售股份的价格(2001 年 8 月 7 日第 120 号联邦法修订)

1. 公司设立时,其发起人股款的支付不得低于股票的票面价值。

以募集方式发售的新股股款的支付,由公司董事会(监事会)根据本联邦法第 77 条规定确定股款支付的价格,但不得低于其票面价值。

2. 向行使股份优先购买权的人员发售新股,其价格可以低于向其他人发售的价格,但不得超过 10% 。

（2005 年 12 月 27 日第 194 号联邦法修订）

参与以募集方式发售新股的中间商的酬金不得超过发售价的 10% 。

第 37 条　公司发售可转换为股份的有价证券的程序（2001 年 8 月 7 日第 120 号联邦法修订）

1. 公司可转股有价证券的转换程序为：

公司章程规定优先股的转换；

发行决议规定公司债券和股票以外的其他有价证券的转换。

在公司所发售的可转股和其他有价证券所必须的待发售股份数量之内发售股份，只能通过这种转换方式发售。

2. 在公司改组的情况下，公司股份和其他有价证券转换的条件和程序，依照本联邦法的规定，由相应的决议和合同确定。

第 38 条　有价证券的发售价格（2001 年 8 月 7 日第 120 号联邦法修订）

1. 以募集方式发售的公司有价证券，由公司董事会（监事会）依照本联邦法第 77 条规定确定的价格支付。在这种情况下，以募集方式发售的公司有价证券，其支付的价格不得低于其所转换的股份的票面价值。

2. 向行使该种有价证券优先购买权的人发售可转股有价证券的价格可以低于其他人的发售价，但不得超过 10% 。

（2005 年 12 月 27 日第 194 号联邦法修订）

参与以募集方式发售有价证券的中间商的酬金不得超过这些有价证券发售价的 10% 。

第 39 条　公司发售股份和其他有价证券的方式（2001 年 8 月 7 日第 120 号联邦法修订）

1. 公司有权通过募集和转换的方式发售新股和其他有价证券。在公司以自有财产增加注册资本的情况下，公司应以向股东分配股份的方式发售新股。

2. 开放式公司有权既可以公开募集的方式,也可以定向募集的方式发售公司股份和可转换为公司股份的有价证券。公司章程和俄罗斯联邦法律文件可以对开放式公司定向募集作出限制性规定。

封闭式公司无权以公开募集的方式或向不特定范围的人建议销售的其他方式发售公司股份和可转换为股份的其他有价证券。

3. 只有根据以发行新股(发售可转换为股份的公司有价证券)增加公司注册资本的股东大会决议,公司才能以定向募集的方式发售股份(可转换为股份的公司有价证券),决议必须经出席股东大会有表决权股东的3/4以上多数通过,公司章程规定必须经更高表决权数通过的除外。

4. 只有根据出席股东大会有表决权股东3/4以上多数通过的股东大会决议,公司才能以公开募集的方式发售超过已发售的普通股25%的普通股,公司章程规定必须经更高表决权数才能通过该种决议的除外。

只有根据出席股东大会有表决权股东3/4以上多数通过的股东大会决议,公司才能以公开募集的方式发售超过已发售的普通股25%可转换为普通股的有价证券,公司章程规定必须经更高表决权数才能通过该种决议的除外。

5. 公司依照俄罗斯联邦法律文件发售股份和有价证券。

第40条 公司发售股份和可转股有价证券时股东权的保障(2001年8月7日第120号联邦法修订)

1. 公司股东对以公开募集方式发售的新股和可转换为股份的有价证券,按其所有该种股票数量所占比例享有优先购买权。

投票反对或未参加以定向募集方式发售股票和可转换为股份的有价证券事项表决的公司股东,对以定向募集方式发售的新股和可转换为股份的有价证券,按其所有该种股票数量的比例享有优先购买权。如果股东可能按照其所有该种股票的数量比例购买全部发售股份和可转换为股份的有价证券,则上项权利不适用于以定向募集方式对股份和可转换为股份的有价证券的发售。

本款不适用于一人股份公司。

（2005 年 12 月 27 日第 194 号联邦法增加本段）

2. 如果由股东大会通过的决议作为发售新股和可转换为股份的有价证券的依据，对新股和可转换为股份的有价证券享有优先购买权的人员名单，根据编制有权参加该股东大会的人员名单时的股东名册资料编制。在其他情况下，对新股和可转换为股份的有价证券享有优先购买权的人员名单，根据通过作为发售新股和可转换为股份的有价证券依据的决议时的股东名册资料编制。为编制对股份和可转换为股份的有价证券享有优先购买权的人员名单，股票持有人应提供其所持有股票利益人的相关资料。

（2005 年 12 月 27 日第 194 号联邦法修订第 2 款）

第 41 条 股份和可转股有价证券优先购买权的行使程序（2005 年 12 月 27 日第 194 号联邦法修订）

1. 发售新股和可转股有价证券，应按照本联邦法规定的通知召开股东大会的程序，通知享有股份和其他可转股有价证券优先购买权的人，能够行使本联邦法第 40 条规定的优先权。

通知中应当包含发售股份和可转换为股份的有价证券的数量、其发售价格或确定发售价格的程序（其中包括行使优先购买权时的发售价格和确定发售价格的程序）、每个享有优先购买权的人有权购买的有价证券数量的确定程序、这些人应向公司提交的购买股份和可转换为股份的有价证券的申请程序和公司应收到这些申请的期限的信息（下称"优先权有效期"）。

2. 优先权有效期，自发出（送交）通知或公告之时起不得少于 45 日，本款另有规定的除外。

如果作为发售新股和可转股有价证券依据的决议确定的发售价格确定程序规定，在优先权有效期结束之后确定发售价格，则该期限自发出（送交）或公告通知之时起不得少于 20 日。在这种情况下，通知中应包含自发售价格披露之时起不得少于 5 个工作日支付有价证券款期限的信息。

3. 对新股和可转股有价证券享有优先购买权的人,有权通过向公司提交购买股份和可转换为股份的有价证券的书面申请全部或部分行使自己的优先购买权。申请中应包含申请人的名字(名称)、标明住所(所在地)和其购买有价证券的数量。

购买股份和可转换为股份的有价证券的申请应附付款凭证,本条第 2 款第 2 段规定的情形除外。

如果作为发售新股和可转换为股份的有价证券依据的决议规定,可以用非货币财产支付价款,则对这些证券行使优先购买权的人有权按照自己的意愿以货币支付价款。

4. 公司无权在优先购买权效力期限届满前向无优先购买权的人发售新股和可转换为股份的有价证券。

第五章　公司股利

第 42 条　公司股利支付程序(2001 年 8 月 7 日第 120 号联邦法修订)

1. 公司有权根据财政年度的第 1 季度、半年、9 个月和(或)1 个财政年度的经营成果作出按照发售的股份支付股利的决议(派发),本联邦法另有规定的除外。根据财政年度第 1 季度、半年、9 个月结果支付股利(派发)的决议,可以在相应时期结束后的 3 个月内作出。

(2002 年 10 月 31 日第 134 号联邦法修订)

公司必须按照股份种类支付派发的股利。股利以货币支付,在公司章程规定的情况下,也可以其他财产支付。

2. 支付股利的来源是公司缴纳税款后的利润(纯利润)。公司的纯利润,根据公司的会计报表数据确定。特定种类优先股的股利也可以用公司事先为此设立的特别基金支付。

（2004 年 4 月 6 日第 17 号联邦法修订第 2 款）

3. 支付股利,其中包括每种股份股利的支付额度和支付形式,由股东大会作出决议。股利不得超出公司董事会(监事会)提议支付的额度。

（2002 年 10 月 31 日第 134 号联邦法修订第 3 款）

4. 股利支付的期限和程序,由公司章程或股东大会股利支付决议确定。在公司章程没有对股利支付期限作出规定的情况下,其支付期限,自作出股利支付决议之日起不得超过 60 日。

有权取得股利的人员名单,根据有权参加作出相应股利支付决议的股东大会的人员名单编制。为了编制有权取得股利的人员名单,股票的票面持有人应提供关于其所持有股票的权利人的信息资料。

（2002 年 10 月 31 日第 134 号联邦法修订第 4 款）

第 43 条　公司支付股利的限制

1. 在下列情况下,公司无权作出支付股利的决议:

（2001 年 8 月 7 日第 120 号联邦法修订）

在足额缴纳公司注册资本前;

依照本联邦法第 76 条规定应回购而未回购全部股份前;

如果作出该决议之日公司符合俄罗斯联邦资不抵债(破产)立法规定的特征或如果公司支付股利的结果会出现上述特征;

（2001 年 8 月 7 日第 120 号联邦法修订）

如果作出该决议之日公司净资产的价值低于其注册资本和储备基金,并超过章程确定的发售优先股清算价值的票面价值或作出该决议的结果将低于其额度;

（2001 年 8 月 7 日第 120 号联邦法修订）

联邦法规定的其他情形。

（2001 年 8 月 7 日第 120 号联邦法增加本段）

2. 如果没有按照公司章程确定的股利(其中包括根据财政年度第 1 季

度、半年、9 个月结果支付股利)额度作出向所有种类优先股足额支付股利(其中包括向累积优先股支付累积股利)的决议,则公司无权作出向普通股和优先股支付未确定股利额度的支付股利决议(其中包括根据财政年度第 1 季度、半年、9 个月结果支付股利)。

3. 如果公司未作出向支付顺序在先的所有优先股足额支付股利(其中包括足额支付所有累积优先股的累积股利)的决议,则公司无权作出向公司章程确定了股利额度的某种优先股支付股利的决议,

4. 在下列情形下,公司无权支付所分派的股利:

如果支付日公司符合俄罗斯联邦资不抵债(破产)立法的资不抵债(破产)特征或支付股利的结果会显现上述特征;

如果支付日公司的净资产低于其注册资本额和储备基金,并超过公司章程确定的发售优先股清算价值的票面价值或支付股利的结果会低于上述数额;

联邦法规定的其他情形。

在本款上述情形终止的情况下,公司必须向股东支付所分派的股利。

(2001 年 8 月 7 日第 120 号联邦法增加第 4 款)

第六章　公司股东名册

第 44 条　股份公司名册(2001 年 8 月 7 日第 120 号联邦法修订)

1. 公司股东名册中应标明每一被登记人、记录在每一被登记人名下的股份数量和种类信息和俄罗斯联邦法律文件规定的其他信息。

2. 公司应当依照俄罗斯联邦法律文件的规定,自公司进行国家登记之时起保障公司股东名册的管理和保存。

3. 公司股东名册持有人可以是公司或登记人。

(2006 年 7 月 27 日第 146 号联邦法修订)

公司中股东超过 50 人的公司的股东名册,其持有人应为登记人。

4. 委托登记人管理和保存股东名册的公司并不解除管理和保存股东名册的责任。

5. 被登记在股东名册中的人必须及时告知股东名册持有人自己信息资料的变更。如未提供自己信息变更资料,公司和登记人对因此而造成的损失不承担责任。

第 45 条　公司股东名册的登录

1. 根据股东、股票持有人的请求,或在本联邦法规定的情况下根据其他人的请求,自提交俄罗斯联邦规范性法律文件规定的文件之时的 3 日内进行股东名册的登录。俄罗斯联邦规范性法律文件可以对登录股东名册规定更短的期限。

(2006 年 1 月 5 日第 7 号联邦法修订第 1 款)

2. 除俄罗斯联邦法律文件规定的情形外,不得拒绝登录股东名册。在拒绝登录股东名册的情况下,股东名册持有人应自提交登录股东名册请求之时起 5 日内通知请求登录人,并说明不予登录的理由。

对不予登录股东名册可以向法院起诉。根据法院裁决,股东名册持有人必须将相关记录登入上述股东名册。

第 46 条　公司股东名册摘要

根据股东或股票持有人的请求,股东名册持有人应通过提供股东名册摘发的方式证明其对股份的权利,该摘要不是有价证券。

第七章　股　东　大　会

第 47 条　公司股东大会(2001 年 8 月 7 日第 120 号联邦法修订)

1. 股东大会是公司的最高管理机关。

公司必须每年召开一次股东大会年会。

股东大会年会按照公司章程规定的期限召开,但不得早于财政年度结束后的 2 个月和晚于 6 个月。股东大会年会应当对选举公司董事会(监事会)、公司监察委员会(监察员)和确认公司审计事项作出决议,解决本联邦法第 48 条第 1 款第 11 项规定的问题以及属于股东大会职权范围内的问题。年会之外召开的股东大会为临时会议。

2. 对本联邦法有关筹备、召集和召开股东大会的补充要求,由联邦有价证券市场行政机关规定。

3. 全部股份归属于一个股东的公司,由该股东通过决议解决属于股东大会职权范围内的问题,并形成书面文件。在这种情况下,不适用本章有关股东大会筹备、召集和召开程序和期限的规定,涉及股东大会年会召开期限的规定除外。

第 48 条　股东大会的职权

1. 股东大会的职权包括:

(1) 修改和补充公司章程或批准新的公司章程文本;

(2) 公司改组;

(3) 公司清算、指定清算委员会和批准过渡性清算报告和最终报告;

(4) 决定公司董事会(监事会)组成人数、选举其成员和提前终止其职权;

(5) 决定待发售股的数量、面值、种类以及这些股份所享有的权利;

(6) 通过增加股份面值的方式或通过发售新股的方式增加公司注册资本,但公司章程依照本联邦法规定通过发售新股方式增加公司注册资本属于公司董事会(监事会)职权的情形除外;

(7) 通过减少股份面值方式,通过公司购买部分股份以减少股份总数方式以及通过注销公司购买或回购股份的方式减少公司注册资本;

(8) 公司执行机关的构成及其职权的提前终止,公司章程规定这些事项属于公司董事会(监事会)职权的除外;

（9）选举监察委员会委员（监察员）和提前终止其职权；

（10）确认公司审计人；

（10.1）根据一个财政年度的第 1 季度、半年、9 个月的结果支付（分派）股利；

（2002 年 10 月 31 日第 134 号联邦法增加第 10.1 项）

（11）批准公司年度决算报告、会计年报，其中包括利润表和亏损表（损益表），以及根据公司年度结果所作的利润分配［其中包括发放股利，作为一个财政年度第 1 季度、半年、9 个月的结果所支付（分派）的利润除外］和亏损分担；

（2002 年 10 月 31 日第 134 号联邦法修订第 11 项）

（12）决定股东大会的主持程序；

（13）选举计票委员会成员和提前终止其职权；

（14）分拆和合并股份；

（15）通过决议批准本联邦法第 83 条规定情形下所实施的交易行为；

（16）通过决议批准本联邦法第 79 条规定情形下所实施的重大交易；

（17）在本联邦法规定的情形下公司回购所发售的股份；

（18）通过参加工业金融集团、协会和其他商业组织联合会；

（2006 年 7 月 27 日第 146 号联邦法修订）

（19）批准调整公司机关活动的公司内部文件；

（20）对本联邦法规定的其他事项作出决议。

（2001 年 8 月 7 日第 120 号联邦法修订第 1 款）

2. 属于股东大会职权的事项，不得转由公司执行机关决定。

属于股东大会职权的事项不得转由公司董事会（监事会）决定，本联邦法规定的事项除外。

（2001 年 8 月 7 日第 120 号联邦法修订第 2 款）

3. 对本联邦法规定的不属于股东大会职权的事项，公司股东大会无权进行审议和作出决议。

第 49 条　股东大会决议

1. 除联邦法规定的情形之外,对提交股东大会表决的事项享有表决权的有:

公司普通股股东;

本联邦法规定情形下的公司优先股股东。

(2001 年 8 月 7 日第 120 号联邦法修订)

公司普通股或对提交表决的事项享有表决权的优先股,为表决权股。

(2001 年 8 月 7 日第 120 号联邦法修订)

2. 股东大会对提交表决的事项作出决议,应经参加会议的公司表决权股股东所持表决权的过半数通过,本联邦法对通过决议另有规定的除外。

(2001 年 8 月 7 日第 120 号联邦法修订)

普通股股东和优先股股东对提交股东大会表决均享有表决权的事项,在作出决议时,应按全部表决权股计算,本联邦法另有规定的除外。

(2001 年 8 月 7 日第 120 号联邦法修订)

3. 只有根据公司董事会(监事会)的提议,股东大会才能对本联邦法第 48 条第 1 款第 2、6 项和第 14—19 项事项作出决议,公司章程另有规定的除外。

(2001 年 8 月 7 日第 120 号联邦法修订)

4. 股东大会对本联邦法第 48 条第 1 款第 1—3 项、第 5 项和第 17 项事项作出决议,应经参加股东大会表决权股股东所持表决权的 3/4 以上多数通过。

(2001 年 8 月 7 日第 120 号联邦法修订第 4 款)

5. 股东大会通过决议的程序依照股东大会主持程序,由公司章程或内部文件规定,并经股东大会决议确认。

6. 股东大会无权对未列入会议议程的事项作出决议,也无权修改会议议程。

7. 如果股东大会决议违反本联邦法、俄罗斯联邦其他法律文件、公司章程的规定,没有参加股东大会或对该决议投了反对票和该决议侵犯了他的权利和合法利益的股东,有权向法院提起诉讼。这一请求可以自股东知道或者应当知道通过该决议之日起的 6 个月内递交法院。法院有权在考虑到全部案情之后维持所申诉的决议效力不变,如果该股东的表决对表决结果不会发生影响、侵权不是实质性的、决议没有给该股东造成损失。

(2001 年 8 月 7 日第 120 号联邦法修订)

8. 对本联邦法第 48 条第 1 款第 2、6、7、14 项所列的每一事项作出的决议,均应标明期限,期限届满即不得再予履行。上述期限自以下时间终止:

对于以分立方式对公司进行改组的股东大会决议——以分立方式改组公司,其中所成立的一个公司进行了国家登记;

对于以兼并方式对公司进行改组的股东大会决议——关于终止被兼并公司活动的记录登录法人国家统一登记簿;

对于以合并、分设或组织形式变更方式对公司进行改组的股东大会决议——以改组方式成立的法人进行了国家登记;

对于通过增加股份面值或发售新股方式增加公司注册资本的股东大会决议,对于通过减少股份面值方式减少公司注册资本的股东大会决议或关于分拆或合并股份的股东大会决议——进行有价证券发行(新股发行)的国家登记;

对于公司通过购买自有部分股份压缩股份总数方式或通过注销公司购买的股份或回购的股份以减少公司注册资本的股东大会决议——只要购买 1 股。

以分设方式改组公司的股东大会决议可以规定期限届满该决议即不再履行的期限,所成立的公司在此期限内并没有进行国家登记。在这种情况下,以分设方式对公司进行的改组自以这一改组方式所成立的最后一个公司在本款规定的期限内进行国家登记时起视为改组完成。

（2006 年 7 月 27 日第 146 号联邦法增加第 8 款）

第 50 条 以传签方式进行表决的股东大会（2001 年 8 月 7 日第 120 号联邦
法修订）

1. 股东大会可以通过传签表决的方式作出决议而不召开会议（股东为
讨论议事日程问题而共同出席会议并对提交表决的事项作出决议）。

2. 股东大会议事日程包括选举公司董事会（监事会）、公司监察委员会
（监察员）、确认公司审计人以及本联邦法第 48 条第 1 款第 11 项规定的事
项，不得以传签方式进行表决。

第 51 条 股东大会参加权

1. 有权参加股东大会的人员名单应根据股东名册资料编制。如果俄罗
斯联邦、俄罗斯联邦主体或自治地方组织对该公司享有专门参与管理权，则
该名单还应包括俄罗斯联邦、俄罗斯联邦主体或自治地方组织的代表。

（2001 年 8 月 7 日第 120 号联邦法修订）

有权参加股东大会人员名单编制的日期不得早于召开股东大会决议通
过之日和股东大会召开前的 50 日以上，在本联邦法第 53 条第 2 款规定的情
况下则为 65 日以上。

（2001 年 8 月 7 日第 120 号、2007 年 7 月 24 日第 220 号联邦法修订）

在根据本联邦法第 58 条第 1 款第 2 段规定公司收到的确定参与投票表
决的法定人数召开的股东大会，有权参加股东大会人员名单的编制日期不
得早于股东大会召开前的 35 日。

（2001 年 8 月 7 日第 120 号、2006 年 7 月 27 日第 146 号联邦法修订）

2. 对于编制有权参加股东大会的股东名单，股票持有人应于名单编制
时提供其所占有股票的利益相关人的相关资料。

3. 有权参加股东大会人员名单包括每个人的姓名（名称）、对其进行识
别的必要资料、关于其所享有表决权股票的数量和种类的数据、应能收到有
关召开股东大会通知的在俄罗斯联邦的通信地址，在通过邮寄进行表决的

情况下的表决票以及表决结果。

（2001 年 8 月 7 日第 120 号联邦法修订第 3 款）

4. 根据名单中所列并享有不少于 1% 表决权的人员查阅名单的请求，公司可以向其提供有权参加股东大会的人员名单。在这种情况下，名单中所列自然人的文件资料和通信地址，只有取得这些人同意的条件下才能提供。

根据任何一个利益关系人的请求，公司应在 3 日内向其提供包含该人信息资料的有权参加股东大会人员名单摘要或者其未列入有权参加股东大会人员名单的说明。

（2001 年 8 月 7 日第 120 号联邦法修订）

5. 只有在恢复有权参加但未列入参加股东大会人员名单的人被侵犯的权利或改正编制名单错误的情况下，才可以对名单进行修改。

（2001 年 8 月 7 日第 120 号联邦法修订）

第 52 条　召开股东大会的信息（2001 年 8 月 7 日第 120 号联邦法修订）

1. 召开股东大会，应当在召开的 20 日前发出通知。而议事日程中包含公司改组事项的股东大会，应在召开的 30 日前发出通知。

在本联邦法第 53 条第 2 款和第 8 款规定召开临时股东大会的情况下，应当在会议召开的 70 日前发出通知。

（2006 年 7 月 27 日第 146 号联邦法修订）

在上述期限内，如果公司章程没有对书面通知规定其他邮寄方法，召开股东大会的通知应以挂号信的形式邮寄给有权参加股东大会人员名单上的每个人，或者直接交给上述人员本人签收，或者在公司章程确定的公司全体股东均能获悉的出版物上予以公告。

公司有权通过其他媒体（电视、广播）向股东发布召开股东大会的补充信息。

2. 在召开股东大会的通知中应当注明：

公司名称全称及其住所；

召开股东大会的形式（召开会议或传签表决）；

召开股东大会的日期、地点、时间和在本联邦法第 60 条第 3 款规定的情况下，填好的表决票应寄给公司，能够收到填好的表决票的通信地址，或者在以传签方式召开股东大会的情况下，接收表决票的结束日期和能够收到填好的表决票的通信地址；

编制有权参加股东大会人员名单的日期；

股东大会议事日程；

股东大会筹备阶段应提供信息（材料）的获取程序和能够获取信息的地址。

3. 股东大会筹备阶段应向有权参加股东大会人员提供的信息（材料）包括财务会计年报，其中包括审计结果、公司监察委员会（监察员）审查公司财务会计报表结果的结论，公司执行机关候选人信息，公司董事会（监事会），公司监察委员会（监察员），公司计票委员会，公司章程修改和补充方案或公司章程新文本方案，公司内部文件草案，股东大会决议草案以及公司章程规定的其他信息（材料）。

股东大会筹备阶段必须向有权参加股东大会的人提供的补充信息（材料）清单，由联邦证券市场行政机关确定。

在股东大会召开前的 20 日内，而在股东大会议事日程包含公司改组事项的情况下在 30 日内，有权参加股东大会的人员在公司执行机关办公地点和召开股东大会通知中注明的其他地点能够了解到本条规定的信息（材料）。参加股东大会的人员在会议召开期间应能获得上述信息（材料）。

公司必须按照有权参加股东大会的人的请求向其提供上述文件的副本。公司提供该文件副本所收取的费用，不得超过其工本费。

4. 如果在股东名册上登记的人为股票持有人，而有权参加股东大会的人员名单中又未标明其他通信地址，则股东大会召开通知按照股票持有人的地址邮寄。如果召开股东大会的通知邮寄给了股票持有人，他必须按照俄罗斯联邦法律文件或与客户签订的合同规定的程序和期限告知自己的客户。

第 53 条　股东大会议程提案（2001 年 8 月 7 日第 120 号联邦法修订）

1. 合计持有公司 2% 以上表决权股的股东有权向股东大会年会提交议案，并提出公司董事会（监事会）、合议制公司执行机关、监察委员会（监察员）和公司计票委员会候选人，其人数不得超过相应机关的构成人数，以及独任制公司执行机关的候选人。这些提案应在财政年度结束后的 30 日内送交公司，公司章程规定了更晚期限的除外。

2. 如果临时股东大会议程提案包含选举公司董事会（监事会）董事的事项，则合计持有公司 2% 以上表决权股的股东有权向股东大会提出董事会（监事会）董事的候选人，其人数不超过公司董事（监事会）组成人数。这些提案应在临时股东大会召开 30 日前送交公司，公司章程规定了更晚期限的除外。

（2004 年 2 月 24 日第 5 号联邦法修订）

3. 股东大会议程事项提案和候选人提案均以书面形式提出，并注明提出议案的股东姓名（名称）、所持有的股份数量和种类，由股东签字。

4. 股东大会议程事项提案应包括每一提案事项的议题，而候选人提案应包括所提出的每一候选人的姓名和身份证资料（证件批次和/或号码、签发时间和地点、签发证件机关），提出选举机关的名称以及公司章程或内部文件规定的其他信息。股东大会议程事项提案可以包括每一事项决议的议题。

5. 公司董事会（监事会）应当对收到的提案进行审议，并在本条第 1 款和第 2 款规定的期限结束后 5 日内对将其列入股东大会议程或拒绝列入上项议程作出决议。股东所提出的议案事项应列入股东大会议程，同样，所提出的候选人也应列入选举相应机关提交表决的候选人名单，但以下情形除外：

股东未遵守本条第 1 款和第 2 款规定的期限；

股东所持有的表决权股不足本条第 1 款和第 2 款规定的数量；

提案不符合本条第 3 款和第 4 款规定的要求；

提议列入股东大会议程的事项不属于其职权范围和（或）不符合本联邦法和俄罗斯联邦其他法律文件的要求。

6. 如果公司董事会（监事会）作出决议，拒绝将提案事项列入股东大会议程或候选人列入提交相应机关表决的候选人名单，应自作出决议之日起的 3 日内邮寄给提出议案或提出候选人的股东，并说明理由。

如果公司董事会（监事会）拒绝将提案事项列入股东大会议程或候选人列入提交相应机关表决的候选人名单以及公司董事会（监事会）将其搁置不作出任何决议，可以对此向法院提起诉讼。

7. 公司董事会（监事会）无权变更列入股东大会议程事项的议题和该事项决议的议题。

除股东提出的股东大会议程的提案之外，或者没有提出任何议案，股东也没有提出组建相应机关的候选人或者提出的候选人人数不够，公司董事会有权按照自己的意愿提出议程事项或将候选人列入名单。

8. 如果股东大会议程包含以合并方式改组公司事项，单独或者合计持有被改组公司 2% 以上表决权股的股东，有权对通过以合并方式改组成立的公司的董事会（监事会）董事提出候选人，其人数不得超过根据合并合同在召开公司股东大会通知中注明的相应设立中的公司董事会被选举成员的人数。

提出候选人的提案应在被改组公司股东大会召开 45 日前提交被改组的公司。

将被改组公司股东或者董事会（监事会）提出的人员列入委员会制公司执行机关、监察委员会委员名单的决议，或者确认以合并、分立或分设方式改组所成立每一公司的监察人和行使独任制公司执行机关职能的人的决议,以被改组公司董事会(监事会)董事 3/4 以上多数表决通过。在这种情况下,这一公司离职的董事会(监事会)董事的表决权不计算在内。

(2006 年 7 月 27 日第 146 号联邦法修订)

第 54 条　召开股东大会的筹备(2001 年 8 月 7 日第 120 号联邦法修订)

1. 筹备召开股东大会,公司董事会(监事会)对以下事项作出决议:

召开股东大会的形式(召开会议还是传签表决);

股东大会召开的日期、地点、时间,将根据本联邦法第 60 条第 3 款规定填好的表决票寄回公司,能够收到填好的表决票的通信地址,或者在以传签方式进行表决而召开股东大会的情况下,接收表决票的截止日期和能够收到填好的表决票的通信地址;

编制有权参加股东大会人员名单的日期;

股东大会会议日程;

召开股东大会通知股东的程序;

股东大会筹备阶段向股东提供的信息(资料)清单以及提供的程序;

在需要投票表决的情况下,表决票的形式和文字内容。

2. 股东大会年会议程必须包括选举公司董事会(监事会)、监察委员会(监察员)、确定公司审计人事项以及本联邦法第 48 条第 1 款第 11 项规定的事项。

第 55 条　临时股东大会(2001 年 8 月 7 日第 120 号联邦法修订)

1. 根据公司董事会(监事会)的提议、公司监察委员会(监察员)、审计人以及提出请求时持有公司 10% 以上表决权股的股东请求,公司可以召开临时股东大会。

根据公司监察委员会(监察员)、审计人或持有公司 10% 以上表决权股的股东请求召开的临时股东大会,由公司董事会(监事会)召集。

(2007 年 7 月 24 日第 220 号联邦法修订)

2. 根据公司监察委员会(监察员)、审计人或持有公司 10% 以上表决权股的股东请求召开的临时股东大会,应当自提交召开临时股东大会请求之时起的 40 日内召开。

如果所提议召开的临时股东大会内容包含选举公司董事会(监事会)董事事项,则股东大会应自提交召开临时股东大会请求之时的 70 日内召开,公司章程规定了更短期限的除外。

(2004 年 2 月 14 日第 5 号联邦法修订)

3．在根据本联邦法第 68—70 条规定公司董事会(监事会)必须作出召开临时股东大会决议的情况下,股东大会应自公司董事会(监事会)作出召开会议之时起的 40 日内召开,公司章程规定了更短期限的除外。

在根据本联邦法规定公司董事会(监事会)必须作出召开临时股东大会选举公司董事会(监事会)董事的情况下,股东大会应自公司董事会(监事会)作出召开会议之时起的 70 日内召开,公司章程规定了更早期限的除外。

(2004 年 2 月 24 日第 5 号、2007 年 7 月 24 日第 220 号联邦法修订)

4．在召开临时股东大会的要求中应包含列入会议日程的议题。在召开临时股东大会的请求中可以包含每一事项作出决议的内容以及召开股东大会形式的建议。如果召集临时股东大会的请求包含推举候选人建议的内容,则对于该提议适用本联邦法第 53 条的相关规定。

公司董事会(监事会)无权变更根据公司监察委员会(监察员)、公司审计人或持有公司 10% 以上表决权股的股东请求召集的临时股东大会会议日程事项、决议内容和改变建议召开股东大会的形式。

5．如果是股东请求召集的临时股东大会,则该请求应包含请求召集股东大会的股东姓名(名称),并标明所拥有股份的数量和种类。

召集临时股东大会的请求,由召集临时股东大会请求人签字。

6．自公司监察委员会(监察员)、公司审计人或持有公司 10% 以上表决权股的股东请求召集临时股东大会之日起的 5 日内,公司董事会(监事会)应作出召集或者拒绝召集临时股东大会的决议。

在以下情形下可以作出拒绝公司监察委员会(监察员)、公司审计人或持有公司 10% 以上表决权股的股东请求召集临时股东大会的决议:

不遵守本条和(或)本联邦法第 84.3 条第 1 款规定的召集临时股东大会的请求提交程序;

(2007 年 7 月 24 日第 220 号联邦法修订)

请求召集临时股东大会的股东不是达到本条第 1 款规定持有股份数量的股东;

提议列入临时股东大会议程的事项没有一项属于其职权范围和(或)符合本联邦法和俄罗斯联邦其他法律文件的要求。

7. 公司董事会(监事会)作出的召集临时股东大会或者拒绝召集并说明理由的决议,应自决议作出之时起的 3 日内寄交会议召集请求人。

对公司董事会(监事会)作出的拒绝召集临时股东大会的决议,可以向法院提起诉讼。

8. 如果公司董事会(监事会)在本联邦法规定的期限内未作出召集临时股东大会的决议或者作出拒绝召集会议的决议,则请求召集的机关和人员可以召集临时股东大会。在这种情况下,召集临时股东大会的机关和人员享有本联邦法规定的召集和召开股东大会的必要职权。

在这种情况下,根据股东大会的决议,筹备和召开股东大会的费用可以由公司支付。

第 56 条　计票委员会

1. 公司表决权股股东超过 100 人的公司设立计票委员会,其人数和人员构成由股东大会确认。

(2001 年 8 月 7 日第 120 号联邦法修订)

股东名册持有人为登记人的公司,计票委员会的职能可以委托登记人行使。表决权股股东超过 500 人的公司,计票委员会的职能由登记人行使。

(2001 年 8 月 7 日第 120 号联邦法增加本段)

2. 计票委员会的组成不得少于 3 人。公司董事会(监事会)董事、公司监察委员会委员(监察员)、委员会制公司执行机关成员、独任制公司执行机关、管理组织或管理人以及被提名作为上述职务候选人的人,不得作为计票委员会成员。

3. 在计票委员会职权期限届满或其人数少于 3 人时,以及到场执行自己职责的计票员少于 3 人时,可以将登记人列入计票委员会行使职能。

(2001 年 8 月 7 日第 120 号联邦法修订第 3 款)

4. 计票委员会审查参加股东大会股东的职权,并予以登记,确定股东大会法定人数,对股东(其代理人)在股东大会上行使表决权出现的问题进行解释,对所表决事项的投票表决程序进行解释,为规定的表决程序和股东参加投票表决的权利提供保障,统计票数和投票结果,编制投票结果记录,将表决票移交存档。

(2001 年 8 月 7 日第 120 号联邦法修订)

第 57 条　股东参加股东大会的程序

1. 股东有权亲自参加股东大会,也可以通过其代理人参加股东大会。

股东有权随时替换其参加股东大会的代理人或者亲自参加股东大会。

股东代理人根据联邦法或者被授权国家机关或地方自治机关文件或书面授权中标明的职权在股东大会上进行活动。投票表决授权应包含所代理的事项和代理人信息(对于自然人——其姓名、身份证信息资料,包括批次和/或证件号码、签发的日期和地点、签发机关;对于法人——其名称、住所信息)。投票表决授权应符合《俄罗斯联邦民法典》第 185 条第 4 款和第 5款规定的形式或者进行公证。

(2006 年 7 月 27 日第 146 号联邦法修订)

2. 在编制有权参加股东大会的人员名单之后和召开股东大会之前进行股份移转,列入这一名单的人必须向买受人出具投票表决授权或根据股份买受人的指示在股东大会上进行表决。指示规则适用于此后的每一种股份移转的情形。

（2001 年 8 月 7 日第 120 号联邦法修订）

3．如果公司的 1 个股份为几个人按份共有,则其在股东大会上的投票表决的职权由其中 1 个按份共有人按照自己的意愿或他们的共同代理人行使。他们中的每个人的权能都应按应有的形式确定下来。

第 58 条　股东大会的法定人数（2001 年 8 月 7 日第 120 号联邦法修订）

1．股东大会有合计持有公司发售的一半以上表决权股的股东参加,股东大会即为合法有效（具有法定人数）。

对参加股东大会进行登记的股东和召开股东大会 2 日前收到其表决票的股东,视为参加股东大会的股东。以传签形式召开的股东大会,在接收结束日期以前收到其表决票的股东视为参加股东大会的股东。

2．如果股东大会议程所列事项应根据持有不同表决权股的股东进行表决,则分别确定对于这些事项作出决议的法定人数。在这种情况下,对于一种表决权股股东对相关事项投票表决作出决议法定人数的不足,不影响其他种表决权股股东就具有法定人数进行投票表决的事项作出决议。

3．对于召开股东大会年会的股东不足法定人数,则应以相同的议程召开第二次股东大会。对于临时股东大会股东不足法定人数,可以以相同的议程召开第二次股东大会。

如果参加股东大会的股东所持有的股份超过公司已发售表决权股股份的 30%,第二次股东大会视为合法有效（具有法定人数）。公司超过 50 万个股东的公司,其章程可以规定更低的召开第二次股东大会的法定人数。

召开第二次股东大会的通知应符合本联邦法第 52 条的规定。在这种情况下,不适用本联邦法第 52 条第 1 款第 2 段的规定。召开第二次股东大会,表决票的交付、邮寄和公布应符合本联邦法第 60 条的规定。

4．无效股东大会结束后 40 日内召开第二次股东大会,有权参加股东大会的人员根据有权参加无效股东大会的人员名单确定。

第 59 条　股东大会表决

股东大会根据"一股一表决权"原则进行表决,本联邦法规定实行累积投票表决的情形除外。

(2001 年 8 月 7 日第 120 号联邦法修订)

第 60 条　表决票(2001 年 8 月 7 日第 120 号联邦法修订)

1. 对股东大会议程所列事项,可以采用表决票形式进行表决。

持有表决权股超过 100 个股东的公司,对股东大会议程所列事项以及以传签形式召开股东大会对议程所列事项进行表决,只能采用表决票形式进行表决。

2. 表决票应由每个有权参加股东大会人员名单上标明的并对参加股东大会登记过的股东(其代理人)签收,本款第 2 段规定的情形除外。

以传签形式召开股东大会和持有表决权股的股东达到 1000 以上的公司以及公司章程规定必须在召开股东大会前邮寄(交付)表决票的其他公司召开股东大会,表决票应当在股东大会召开 20 日以前邮寄或者交付有权参加股东大会人员名单上标明的每个股东签收。

表决票以挂号信形式邮寄,公司章程规定以其他方法邮寄的除外。

超过 50 万个股东的公司,其章程可以规定在公司章程确定的出版物上登载标准格式的表决票,公司全体股东在指定的期限内均可取得。

3. 除以传签表决形式召开的股东大会以外,召开股东大会的公司根据本条第 2 款规定邮寄(交付)或者登载表决票,列入有权参加股东大会人员名单上的股东(其代理人)有权参加会议或将填好的表决票邮寄给公司。在这种情况下,以公司在股东大会召开 2 日前收到的表决票确定法定人数和统计投票结果。

4. 表决票应当标明:

公司名称全称和住所;

股东大会召开的形式(会议形式或传签表决);

股东大会召开的日期、地点、时间以及在根据本条第 3 款的规定表决票邮寄给公司的情况下,公司能够收到填好的表决票的通信地址,或者在以传签形式召开股东大会的情况下公司接收表决票的截止日期和能够收到填好的表决票的通信地址;

该票对每一表决事项(每一候选人姓名)形成决议的概括表述;

对议程每一表决事项投票"同意"、"反对"或"弃权"的选择表述;

关于表决票应由股东签字的提示。

在实行累积投票制的情况下,表决票应对此予以注明,并解释累积投票制的实质。

第 61 条　投票表决的票数统计

在投票进行表决时,只计算对所表决的事项作出一种选择的表决。违反上述要求填写的表决票应认定为无效表决票,对其中所包含事项的表决不予计算。

如果表决票包含几个提请表决的事项,对其中一个或几个事项未遵守上述要求并不导致认定整个表决票的无效。

第 62 条　表决结果记录和总结报告(2001 年 8 月 7 日第 120 号联邦法修订)

1. 根据表决结果,计票委员会编制表决结果记录,由计票委员会成员或履行其职能的人员签名。表决结果记录在股东大会闭幕后或以传签表决形式召开股东大会在表决票接收截止日期后的 15 日内编制。

(2001 年 8 月 7 日第 120 号联邦法修订)

2. 表决结果记录编制和股东大会记录签字后,表决票经计票委员会签封,交付公司存档。

3. 表决结果记录应附入股东大会记录。

4. 股东大会通过的决议以及表决结果,应在股东大会表决过程中宣读,或者在总结报告形式的表决结果记录编制后,按照有关召开股东大会通知程序的规定在 10 日内通知有权参加股东大会人员名单上的人。

（2001 年 8 月 7 日第 120 号联邦法修订第 4 款）

第 63 条　股东大会记录

1. 股东大会记录应自股东大会闭幕后的 15 日内编制,一式两份。两份均由股东大会主席和股东大会秘书签字。

2. 股东大会记录应标明以下事项:

召开股东大会的地点和时间;

公司表决权股股东所享有的表决权总数;

参加股东大会股东所享有的表决权数;

会议主席(主席团)和秘书,会议日程。

股东大会记录中应包含发言的基本观点、提请表决的事项和对这些事项的表决结果、会议作出的决议。

第八章　公司董事会(监事会)和公司执行机关

第 64 条　公司董事会(监事会)

1. 公司董事会(监事会)对公司活动实行统一的领导,本联邦法规定决议事项属于公司股东大会职权的除外。

（2001 年 8 月 7 日第 120 号联邦法修订）

持有表决权股少于 50 个股东的公司,公司章程可以规定公司董事会(监事会)行使公司股东大会的职能。在这种情况下,公司章程应标明公司特定的人或机关享有决定召开股东大会和批准其议程事项的职权。

2. 根据股东大会的决议,公司董事会(监事会)董事在其履行职务期间可以获得报酬和(或)与其履行董事会(监事会)董事职能有关的支出获得补偿,报酬和补偿的数额由股东大会决议确定。

第 65 条　公司董事会(监事会)职权(2001 年 8 月 7 日第 120 号联邦法修订)

1. 对公司活动实行统一领导事项作出决定属于公司董事会(监事会)的职权,本联邦法规定属于公司股东大会职权的事项除外。

属于公司董事会(监事会)职权的事项包括:

(1) 确定公司活动的优先方向;

(2) 召开股东大会年会和临时会议,本联邦法第 55 条第 8 款规定的情形除外;

(3) 确认股东大会议程;

(4) 确定有权参加股东大会人员名单的编制日期和根据本联邦法第七章条款规定的属于公司董事会(监事会)职权和与股东大会筹备与召开有关的其他事项;

(5) 在待发售股份数额和种类的限额内公司以发售新股方式增加公司注册资本,如果公司章程依照本联邦法规定将该事项列为其职权;

(6) 公司在本联邦法规定的情形下发售债券和其他有价证券;

(7) 在本联邦法规定的情形下确定财产价格(货币估价)、有价证券的发售价和回购价;

(8) 在本联邦法规定的情形下购买公司发售的股份、债券和其他有价证券;

(9) 组建公司执行机关和提前终止其职权,如果公司章程将之列为其职权;

(10) 提出支付公司监察委员会委员(监察员)报酬额和补偿金额议案,确定审计人服务费金额;

(11) 对股利分配金额和支付程序提出方案;

(12) 公司储备基金和其他基金的使用;

(13) 批准公司内部文件,根据本联邦法规定批准的内部文件属于股东大会职权和公司章程规定批准内部文件属于公司执行机关职权的除外；

（14）成立公司分支机构和开办代表处；

（15）本联邦法第十章规定的情形下批准重大交易；

（16）批准本联邦法第十一章规定的交易；

（17）确认公司登记人和与其签约的条件以及与其解除合同；

（17.1）通过公司参加或者（和）终止参加其他组织的决议（本联邦法第48条第1款第18项标明的组织除外），公司章程将其列为公司执行机关职权的除外；

（2006年7月27日第146号联邦法增加第17.1项）

（18）本联邦法和公司章程规定的其他事项。

2. 列为公司董事会（监事会）职权的事项可以转由公司执行机关作出决定。

第66条　公司董事会（监事会）的选举

1. 公司董事会（监事会）董事由公司股东大会按照本联邦法和公司章程规定的程序选举产生，任期至下次股东大会年会召开前。如果股东大会年会在本联邦法第47条第1款规定的期限内没有召开，公司董事会（监事会）权能终止，股东大会年会筹备、召集和召开的权能除外。

（2001年8月7日第120号联邦法修订）

被选入公司董事会（监事会）的人，当选次数没有限制。

根据公司股东大会的决议，公司董事会（监事会）全体董事的职权可以提前终止。

（2004年2月24日第5号联邦法修订）

（2004年2月24日第5号联邦法终止本段效力）

通过改组成立公司的董事会（监事会）的选举，应考虑本联邦法第二章的特殊规定。

（2006年7月27日第146号联邦法增加本段）

2. 公司董事会(监事会)董事只能是自然人。公司股东可以成为公司董事会(监事会)董事。

委员会制公司执行机关成员中的公司董事会(监事会)董事不得超过1/4。行使独任制公司执行机关的人不得同时担任公司董事会(监事会)董事长。

(2001 年 8 月 7 日第 120 号联邦法修订第 2 款)

3. 公司董事会(监事会)人数由公司章程或者股东大会决议确定,但不得少于 5 人。

(2004 年 2 月 24 日第 5 号联邦法修订)

持有表决权股超过 1000 个股东的公司,其董事会(监事会)人数不得少于 7 人。而持有表决权股超过 10000 个股东的公司,其董事会(监事会)人数不得少于 9 人。

4. 公司董事会(监事会)董事的选举,采用累积投票制。

(2004 年 2 月 24 日第 5 号联邦法修订)

在实行累积投票制时,每一股东所有的表决权数乘以公司应选的董事人数,股东有权将以这种方式取得的表决权全部投给一个候选人,或投给两个和几个候选人。

(2001 年 8 月 7 日第 120 号联邦法修订)

得票最多的候选人视为当选,成为公司董事会(监事会)董事。

第 67 条　公司董事会(监事会)董事长

1. 公司董事会(监事会)董事长由公司董事会(监事会)董事以全体董事的过半数选举产生,公司章程另有规定的除外。

公司董事会(监事会)有权随时以全体董事的过半数改选其董事长,公司章程另有规定的除外。

2. 董事长主持董事会(监事会)工作,召集并主持董事会(监事会)会议,管理会议记录,主持公司股东大会,公司章程另有规定的除外。

3. 在董事长不在的情况下,根据公司董事会(监事会)决议由公司董事会(监事会)一名董事代行董事长职能。

第 68 条 公司董事会(监事会)会议

1. 公司董事会(监事会)会议,根据董事长本人提议、公司董事会(监事会)、公司监察委员会(监察员)或审计人、公司执行机关的一名成员以及公司章程规定的其他人员的请求,由董事长召集。召集和召开公司董事会(监事会)会议的程序,由公司章程或者公司内部文件确定。公司章程或者内部文件可以规定,在确定法定人数时,可以将未出席公司董事会(监事会)会议的公司董事会(监事会)董事对会议议程所列事项的书面表决意见计算在内,以及可以以传签表决方式通过公司董事会(监事会)决议。

(2001 年 8 月 7 日第 120 号联邦法修订)

2. 召开公司董事会(监事会)会议的法定人数,由公司章程确定,但不得少于公司董事会(监事会)当选董事的一半。在公司董事会(监事会)董事的组成人数少于上述法定人数时,公司董事会(监事会)必须作出召开临时股东大会的决议,以选举新的公司董事会(监事会)。公司现有董事会(监事会)董事仅有权对召集该临时股东大会通过决议。

(2001 年 8 月 7 日第 120 号联邦法修订)

3. 公司董事会(监事会)会议决议,以出席会议的董事过半数表决通过,本联邦法、公司章程或其确定召集和召开公司董事会(监事会)程序的内部文件另有规定的除外。公司董事会会议所决定的事项,公司董事会(监事会)的每一董事有一表决权。

(2001 年 8 月 7 日第 120 号联邦法修订)

公司董事会(监事会)董事不得向他人,其中包括向公司董事会(监事会)其他董事出让表决权。

(2001 年 8 月 7 日第 120 号联邦法修订)

公司章程可以规定,在公司董事会(监事会)董事表决权相等的情况下,以公司董事长的表决权通过公司董事会(监事会)决议。

4. 公司召开董事会(监事会)会议应有会议记录。

公司董事会(监事会)会议记录应于会议召开后的 3 日内编制。

(2001 年 8 月 7 日第 120 号联邦法修订)

会议记录应当标明:

会议召开的地点和时间;

出席会议人员;

会议议程;

表决事项和表决结果;

通过的决议。

公司董事会(监事会)会议记录由董事长签字,并对会议记录编制的准确性负责。

5. 对公司董事会(监事会)违反本联邦法、俄罗斯联邦其他法律文件、公司章程规定程序所通过的决议,没有参加投票表决或者投反对票的公司董事会(监事会)董事,如果这一决议侵犯其权利和合法利益,他有权向法院提起诉讼。诉状应自公司董事会(监事会)董事知道或者应当知道通过决议之日起的 1 个月内递交法院。

(2001 年 8 月 7 日第 120 号联邦法修订)

第 69 条　公司执行机关和独任制公司执行机关(经理、总经理)

1. 独任制公司执行机关(经理、总经理)或独任制公司执行机关(经理、总经理)与委员会制公司执行机关(管理局、经理室)领导公司日常经营活动。执行机关向公司董事会(监事会)和股东大会报告工作。

(2001 年 8 月 7 日第 120 号联邦法修订)

规定独任制和委员会制公司执行机关同时并存的公司章程,应确定委员会制机关的职权。在这种情况下,履行独任制公司执行机关(经理、总经理)职能的人也可以履行委员会制公司执行机关(管理处、经理室)主任的职能。

（2001 年 8 月 7 日第 120 号联邦法修订）

根据股东大会的决议，独任制公司执行机关的职权可以按照合同规定移转给商业组织（管理组织）或者个体经营者（管理人）。股东大会只有根据公司董事会（监事会）的提议才能通过向商业组织或管理人移转独任制公司执行机关职权的决议。

（2001 年 8 月 7 日第 120 号联邦法修订）

2. 公司执行机关的职权包括所有公司日常活动领导事项，属于公司股东大会或董事会（监事会）职权的事项除外。

（2001 年 8 月 7 日第 120 号联邦法修订）

公司执行机关组织实施公司股东大会和董事会（监事会）的决议。

独任制公司执行机关（经理、总经理）无需授权即可以公司名义活动，其中包括代表公司利益，以公司名义进行交易，确认人员编制，发布命令和指示，公司全体员工必须执行。

3. 根据股东大会决议组建公司执行机关和提前终止其职权，公司章程规定决定这些事项属于公司董事会（监事会）职权的除外。

（2001 年 8 月 7 日第 120 号联邦法修订）

独任制公司执行机关（经理、总经理）、委员会制公司执行机关（管理处、经理室）、管理组织或管理人领导公司日常活动的权利和义务，由本联邦法、俄罗斯联邦其他法律文件和其与公司所签订的合同确定。公司董事会（监事会）董事长或公司董事会（监事会）授权的人，代表公司签订合同。

俄罗斯联邦劳动立法不与本联邦法条款相抵触部分，适用于公司与独任制公司执行机关（经理、总经理）和（或）委员会制公司执行机关（管理处、经理室）成员之间的关系。

只有经公司董事会（监事会）同意，行使独任制公司执行机关（经理、总经理）职能的人和委员会制公司执行机关（管理处、经理室）成员才能在其他组织管理机关中兼职。

独任制公司执行机关职权转由管理组织或管理人行使的公司,根据《俄罗斯联邦民法典》第53条第1款第1段的规定,通过管理组织或管理人取得民事权利和承担民事义务。

(2006年7月27日第146号联邦法增加本段)

4. 如果公司章程未将组建执行机关列为公司董事会(监事会)职权,则股东大会有权随时作出提前终止独任制公司执行机关(经理、总经理)、委员会制公司执行机关(管理处、经理室)成员职权的决议。股东大会有权随时作出提前终止管理组织或管理人职权的决议。

如果公司章程将组建执行机关列为公司董事会(监事会)职权,则它有权随时作出提前终止独任制公司执行机关(经理、总经理)、委员会制公司执行机关(管理处、经理室)成员的职权并组建新的执行机关的决议。

如果由股东大会组建公司执行机关,则公司章程可以规定公司董事会(监事会)有权作出中止独任制公司执行机关(经理、总经理)职权的决议。公司章程可以规定,公司董事会(监事会)有权通过决议,中止管理组织或管理人的职权。在通过上述决议的同时,公司董事会(监事会)必须作出组建临时独任制公司执行机关(经理、总经理)和召开临时股东大会的决议,以解决提前终止独任制公司执行机关(经理、总经理)或管理组织(管理人)职权和组建新的独任制公司执行机关(经理、总经理)或向管理组织或管理人移转独任制公司执行机关(经理、总经理)职权的问题。

如果由股东大会组建公司执行机关,独任制公司执行机关(经理、总经理)或管理组织(管理人)不能履行自己的职务,公司董事会(监事会)有权通过组建临时独任制公司执行机关(经理、总经理)和召开临时股东大会的决议,以解决提前终止独任制公司执行机关(经理、总经理)或管理组织(管理人)职权和组建新的执行机关或向管理组织或管理人移转独任制公司执行机关职权的问题。

本款第 3 段和第 4 段所列全部决议,由公司董事会(监事会)3/4 以上董事表决通过,在这种情况下,公司董事会(监事会)离任董事的表决权不计算在内。

公司临时执行机关在公司执行机关职权范围内领导公司的日常活动,公司章程对公司临时执行机关职权作出限制规定的除外。

(2001 年 8 月 7 日第 120 号联邦法修订第 4 款)

第 70 条　委员会制公司执行机关(管理处、经理室)

1. 委员会制公司执行机关(管理处、经理室)活动的依据是公司章程、股东大会批准的公司内部文件(规章、细则或其他文件),其中规定其召集和召开会议的期限和程序以及通过决议的程序。

(2001 年 8 月 7 日第 120 号联邦法修订)

2. 召开委员会制公司执行机关(管理处、经理室)会议的法定人数,由公司章程或公司内部文件确定,并应占委员会制公司执行机关(管理处、经理室)当选人数的半数以上。在委员会制公司执行机关(管理处、经理室)的成员人数不足上述法定人数时,公司董事会(监事会)必须通过组建委员会制公司临时执行机关(管理处、经理室)和召开临时股东大会的决议,以选出委员会制公司执行机关(管理处、经理室)或组建委员会制公司执行机关(管理处、经理室),如果公司章程将此事项列为其职权。

委员会制公司执行机关(管理处、经理室)召开会议应有会议记录。根据所提出的要求,委员会制公司执行机关(管理处、经理室)的会议记录应提供给公司董事会(监事会)、公司监察委员会(监察员)委员和公司审计人。

委员会制公司执行机关(管理处、经理室)召开会议,由履行独任制公司执行机关(经理、总经理)职能的人组织,以公司名义签署所有的文件和委员会制公司执行机关(管理处、经理室)会议记录,根据委员会制公司执行机关(管理处、经理室)在职权范围内通过的决议以公司名义活动,无需授权。

委员会制公司执行机关(管理处、经理室)成员的表决权不得转由他人行使,其中包括由委员会制公司执行机关(管理处、经理室)其他成员行使。

(2001 年 8 月 7 日第 120 号联邦法修订第 2 款)

第71条　公司董事会(监事会)董事、独任制公司执行机关(经理、总经理)和(或)委员会制公司执行机关(管理处、经理室)成员、管理组织或管理人的责任

1. 公司董事会(监事会)董事、独任制公司执行机关(经理、总经理)、临时独任制执行机关、委员会制公司执行机关(管理处、经理室)成员以及管理组织或管理人在行使自己的权利和履行自己的义务时,其活动应符合公司利益,对公司应善意和理性地行使自己的权利和履行自己的义务。

(2001 年 8 月 7 日第 120 号联邦法修订)

2. 公司董事会(监事会)董事、独任制公司执行机关(经理、总经理)、临时独任制执行机关、委员会制公司执行机关(管理处、经理室)成员以及管理组织或管理人,对因其过错行为(不作为)给公司造成的损失对公司承担责任,本联邦法规定了其他责任依据的除外。

公司董事会(监事会)董事、独任制公司执行机关(经理、总经理)、临时独任制执行机关、委员会制公司执行机关(管理处、经理室)成员以及管理组织或管理人,对因其违反本联邦法第十一章规定购买开放式股份公司股份程序的过错行为(不作为)所造成的损失对公司或股东承担责任。

在这种情况下,公司董事会(监事会)、委员会制公司执行机关(管理处、经理室)投票反对通过给公司或股东造成损失的决议或未参加投票表决的成员不承担责任。

(2006 年 1 月 5 日第 7 号联邦法修订第 2 款)

3. 在确定董事会(监事会)董事、独任制公司执行机关(经理、总经理)和(或)委员会制公司执行机关(管理处、经理室)成员以及管理组织或管理人的责任依据和数额时,应注意商业流转的一般条件和对业务具有意义的其他情形。

4. 如果根据本条规定承担责任者为几个人,其对公司承担的责任以及在本条第 2 款第 2 段规定的情形下对股东承担的责任,均为连带责任。

(2006 年 1 月 5 日第 7 号联邦法修订)

5. 公司或者合计持有公司发售的 1% 以上普通股股东有权对公司董事会(监事会)董事、独任制公司执行机关(经理、总经理)、独任制临时公司执行机关(经理、总经理)、委员会制公司执行机关(管理处、经理室)成员以及管理组织(管理人)向法院起诉,要求其赔偿在本条第 2 款第 1 段规定的情形下给公司造成的损失。

公司或股东有权对公司董事会(监事会)董事、独任制公司执行机关(经理、总经理)、独任制临时公司执行机关(经理、总经理)、委员会制公司执行机关(管理处、经理室)成员以及管理组织(管理人)向法院起诉,要求其赔偿在本条第 2 款第 2 段规定的情形下给其造成的损失。

(2006 年 1 月 5 日第 7 号联邦法修订)

6. 开放式公司董事会(监事会)中的国家或自治地方代表与开放式公司董事会(监事会)中的其他成员共同承担本条规定的责任。

(2001 年 8 月 7 日第 120 号联邦法修订)

第九章　公司购买和回购所发售的股份

第 72 条　公司购买所发售的股份

1. 如果公司章程作出规定,根据股东大会决议,公司可以通过购买其所发售的部分股份以减少股份总数的方式减少公司注册资本,公司有权购买其所发售的股份。

如果剩余流通股份的票面价值低于本联邦法规定的最低注册资本限额,则公司无权作出通过购买其所发售的部分股份以减少股份总数减少公司注册资本的决议。

2. 如果公司章程规定,公司有权根据股东大会的决议购买其所发售的股份,或者如果根据公司章程的规定,作出此项决议属于公司董事会(监事会)的职权,则根据公司董事会(监事会)的决议购买其所发售的股份。

(2001 年 8 月 7 日第 120 号联邦法修订)

如果公司流通股的票面价值不足公司注册资本的 90%,公司无权通过购买公司所发售股份的决议。

(2001 年 8 月 7 日第 120 号联邦法修订)

3. 公司根据股东大会作出的通过购买其所发售股份以减少股份总数减少公司注册资本的决议购买的股份,应在购买后予以注销。

公司根据本条第 2 款规定所购买的股份没有表决权,在统计票数时不予计算,不分配股利。这些股份应在购买之后的 1 年内按照市场价格出售,否则,股东大会应作出注销上述股份减少公司注册资本的决议。

(2001 年 8 月 7 日第 120 号、2006 年 7 月 27 日第 146 号联邦法修订)

4. 购买股份的决议应确定所购股份的种类、公司所购每种股份的数量、购买价格、支付方式和期限以及购买股份的期限。

如果公司章程没有另外作出规定,股款应在购买股份时以货币支付。购买股份的期限不得少于 30 日。公司购买股份的价格,根据本联邦法第 77 条的规定确定。

(2001 年 8 月 7 日第 120 号联邦法修订)

决议确定购买的股份,该种股份的每一持有人股东都有权销售股份,公司应当购买。如果向公司提出申请购买股份的总数超过本条规定公司应购买股份数量的限制,则按股东申请购买股份的数量比例购买。

5. 在购买股份开始的 30 日前,公司应通知决议确定的购买股份的持有人股东。通知内容应包含本条第 4 款第 1 段标明的信息。

6. (2001 年 8 月 7 日第 120 号联邦法删除本款)

第73条　公司购买所发售股份的限制

1. 在下列情况下,公司无权购买其所发售的普通股:

足额缴纳公司注册资本前;

如果购买股份时按照俄罗斯联邦企业资不抵债(破产)法律文件规定公司符合资不抵债(破产)的特征,或购买这些股份的结果会显现上述特征;

如果购买股份时公司的净资产价值低于注册资本、储备基金,并超过章程确定的发售优先股清算价值的票面价值,或者购买股份的结果会低于其金额。

2. 在下列情况下,公司无权购买其所发售的特定种类股份和优先股:

足额缴纳公司注册资本前;

如果购买股份时按照俄罗斯联邦企业资不抵债(破产)法律文件规定公司符合资不抵债(破产)的特征,或购买这些股份的结果会显现上述特征;

如果购买股份时公司的净资产价值低于注册资本、储备基金,并超过章程确定的发售优先股清算价值的票面价值,这些优先股持有人对于应购买种类优先股的持有人在清算价值支付顺序上享有优先权,或者购买股份的结果会低于其金额。

3. 在回购根据本联邦法第76条规定提出的申请回购的全部股份前,公司无权购买其所发售的股份。

第74条　公司股份的合并与分拆

1. 根据股东大会的决议,公司有权合并公司发售的股份,将2股或者2个以上的股份合并为1个同种股份的新股。在这种情况下,公司章程中相应种类股份的票面价值和公司已发售股份和待发售股份的数量需作相应变更。

(2001年8月7日第120号联邦法修订)

(2001年8月7日第120号联邦法删除本段)

2. 根据股东大会决议,公司有权分拆公司发售的股份,将1股分拆为2

股或 2 个以上的同种类股份。在这种情况下,公司章程中相应种类股份的票面价值和公司已发售股份和待发售股份的数量需作相应变更。

(2001 年 8 月 7 日第 120 号联邦法修订)

第 75 条　公司根据股东请求回购股份

1. 在以下情况下,表决权股持有人股东有权请求公司回购其所拥有的全部或者部分股份:

股东大会根据本联邦法第 79 条第 3 款规定通过的公司改组或者实施重大交易的决议,投票反对通过公司改组或者批准上项交易决议的股东,或未参加对这些事项表决的股东。

(2001 年 8 月 7 日第 120 号、2006 年 7 月 27 日第 146 号联邦法修订)

修改和补充公司章程或者批准新的公司章程文本以限制股东权利,投票反对通过相应决议或者未参加表决的股东。

2. 享有公司股份回购请求权的股东名单,根据有权参加股东大会人员名单编制之日的股东名册资料编制。根据本联邦法的规定,该股东大会议程所列需要表决的事项可能导致股份回购请求权的产生。

(2001 年 8 月 7 日第 120 号联邦法修订)

3. 公司根据公司董事会(监事会)确定的价格回购股份,但不得低于应由独立评估人确定的市场价格,而且不考虑因公司行为导致产生股份评估和回购请求权所发生的价格变动。

(2001 年 8 月 7 日第 120 号联邦法修订第 3 款)

第 76 条　股东行使公司股份回购请求权的程序

1. 公司必须告知股东其所享有的股份回购请求权、实施回购的价格和程序。

2. 召开股东大会,根据本联邦法规定其议程包括可能导致公司股份回购请求权产生的表决事项,股东通知内容应包含本条第 1 款标明的信息。

(2001 年 8 月 7 日第 120 号联邦法修订)

3. 股东回购其所有股份的请求应以书面形式邮寄给公司,并标明股东住所(所在地)和请求回购股份的数量。股东的股份回购请求和上述请求的撤销申请,由股东或其代理人签字,并经公证机关或公司股东名册持有人证明。

(2006 年 7 月 27 日第 146 号联邦法修订)

股东应自股东大会通过相关决议之时起的 45 日内向公司递交其所有股份的公司股份回购请求。

自公司收到股东股份回购请求之时起至所回购股份所有权移转给公司并登录股东名册时止,或至股东撤销股份回购请求时止,股东无权与第三人实施与这些股份转让和设定负担有关的法律行为,这些情况也应登录公司股东名册。股东撤销股份回购的请求,应在本款第 2 段规定的期限内提交给公司。

(2006 年 7 月 27 日第 146 号联邦法增加本段)

4. 本条第 3 款第 2 段标明的期限届满后,公司必须在 30 日内回购股东提出请求回购的股份。

公司董事会(监事会)自公司股东大会作出相关决议之日起的 50 日内确认股东提出的股份回购请求的结果报告。

根据经公司董事会(监事会)确认的股东提出回购请求的结果报告和股东回购股份的请求以及公司向提出股份回购请求的股东履行股款支付义务的证明文件,公司股东名册持有人将所有权移转给公司的回购股份录入这一名册。

(2006 年 7 月 27 日第 146 号联邦法修订第 4 款)

5. 公司按照股东大会召开通知中标明的价格回购股份。依照本联邦法规定,该股东大会议程所列表决事项可能导致产生公司股份回购请求权。用于公司回购股份的货币总额不得超过产生股东公司股份回购请求权决议通过之时公司净资产值的 10%。如果提出请求回购的股份超过公司回购股份的上述限制,则按股东提出回购请求的比例回购股份。

6. 公司回购的股份由公司处分。上述股份不享有表决权,在投票表决时不予计算,不分配股利。上述股份,自回购股份的所有权移转给公司之日起的1年内应当以市场价格出售,否则公司股东大会应作出通过注销上述股份以减少公司注册资本的决议。

(2006年7月27日第146号联邦法修订第6款)

第77条　确定财产价格(货币估价)(2006年7月27日第146号联邦法修订)

1. 如果根据本联邦法的规定,财产价格以及发售或回购有价证券的财产价格(货币估价),由公司董事会(监事会)决议确定,其根据应为市场价值。

如果财产价格(货币估价)由公司董事会(监事会)确定,而与实施一个或若干交易有利害关系的人为公司董事会(监事会)董事,则财产的价格(货币估价)由公司董事会(监事会)与交易没有利害关系的董事通过的决议确定。超过1000个股东的公司的财产价格(货币估价),由与交易没有利害关系的独立董事确定。

如果没有利害关系的董事人数低于章程确定的召开公司董事会(监事会)会议的法定人数和(或)公司董事会(监事会)全体董事均非独立董事,财产的价格(货币估价)可以按照本联邦法第83条第4款规定的程序,根据股东大会通过的决议确定。

(2006年7月27日第146号联邦法增加本段)

(2001年8月7日第120号联邦法修订第1款)

2. 可以聘请独立评估人确定财产的市场价。

根据本联邦法第76条规定或者在本联邦法明确规定的其他情况下,公司回购股东股份的定价,必须聘请独立评估人确定市场价格。

(2006年7月27日第146号联邦法修订)

买价或询价和报价定期在媒体上公布的发售有价证券的定价,可以不必聘请独立评估人,而对于该有价证券市场价格的确定则应参照其买价或询价和报价。

(2001 年 8 月 7 日第 120 号联邦法修订第 2 款)

3. 如果公司 2% 至 50% 的表决权股的持有人为国家和(或)自治地方组织,而依照本条规定由公司董事会(监事会)确定财产价格(货币估价)、公司有价证券发售价、公司股份回购价(下称"客体价格"),必须向俄罗斯联邦政府授权的联邦行政机关(下称"被授权机关")通知公司董事会(监事会)作出的确定客体价格的决议内容。

自公司董事会(监事会)确定客体价格决议作出之日起的 3 个工作日内,公司向被授权机关报送以下材料:

公司董事会(监事会)确定客体价格的决议副本;

在依照本联邦法规定必须聘请评估人确定客体价格的情况下和在聘请评估人确定客体价格的其他情况下,评估人的评估报告副本;

在依照本联邦法规定可以不必聘请评估人和没有聘请评估人确定客体价格的情况下,公司、公司股东或公司合同相对人制作的确定客体价格的其他文件(文件副本)。

自收到上述文件之日起的 20 日内,被授权机关有权向公司寄发鉴定结论,并说明理由。

被授权机关对所提交的文件进行审议,并核查下列情况:

评估人所制作的评估报告与评估标准和评估活动立法是否相符;

如果依照本联邦法规定可以不必聘请评估人,公司董事会(监事会)作出的确定客体价格决议与类似客体市场形成的价格是否相符。

如果被授权机关作出决议认为,公司董事会(监事会)依照本条规定在没有聘请评估人的情况下所确定的客体价格与类似客体市场形成的价格不符,被授权机关将附带说明理由的鉴定结论寄发给公司。收到该鉴定结论之后,公司董事会(监事会)作出拒绝实施交易的决议或者作出聘请评估人并遵守本条规定程序确定客体价格的决议。

如果被授权机关作出决议认为,评估人制作的评估报告与评估标准和评估活动立法规定不符,被授权机关将附带说明理由的鉴定结论寄发给实施评估的评估人所在的自律组织,由自律组织对相应的评估报告进行鉴定。

公司可以按照司法程序对被授权机关的鉴定结论提起诉讼。

在附带说明理由的鉴定结论寄发给评估人自律组织的情况下,被授权机关发出指令,在对相应评估报告进行鉴定期间中止公司董事会(监事会)确定客体价格决议的执行,并通知公司向进行鉴定的评估人自律组织索取上述指令附件和所寄发的附带说明理由的鉴定结论副本。评估人自律组织进行鉴定,并自收到附带说明理由的鉴定结论之日起的 20 日内将鉴定结果寄给被授权的机关和公司。在评估人自律组织所寄发的鉴定结果为否定结论的情况下,公司董事会(监事会)依照本条规定确定的客体价格被认定为不真实价格。

被授权机关有权按照司法程序对鉴定结果提出异议。

如果被授权机关没有在本条确定的期限内向公司寄发鉴定结论,客体价格被认定为真实价格,并作为实施交易的建议价格。

公司违反本条规定或依照本条规定以不真实价格所实施的交易合同,自被授权机关知道或者应当知道之日起的 6 个月内根据被授权机关的起诉认定其无效。

如果公司能够证明,违反规定的行为是非实质性的,交易的实施并未给公司、国家和(或)自治地方组织造成损失,法院在考虑到全部情节之后,有权拒绝认定交易合同无效。

(2006 年 7 月 27 日第 146 号联邦法修订第 3 款)

第十章　重大交易

第 78 条　重大交易(2001 年 8 月 7 日第 120 号联邦法修订)

1. 与公司直接或间接购买、转让或可能转让财产有关的一次交易(包括借款、贷款、抵押、担保)或几次相互关联的交易,其价值超过公司根据最新结算日会计报表数据确定的公司净资产 25% 的交易被视为重大交易,公司一般经营活动过程中所实施的交易、与通过募集(销售)方式发售公司普通股股份有关的交易和与发售可转换为公司普通股股份有价证券有关的交易除外。公司章程可以设定公司实施交易时适用本联邦法规定的批准重大交易程序的其他情形。

在转让财产或产生转让财产可能的情况下,根据会计账簿数据确定的这一财产价值与资产负债表的财产价值相比较,而在购买财产的情况下,以购买的财产价格相比较。

2. 对于公司董事会(监事会)和股东大会作出的批准重大交易的决议,所转让或购买的财产(服务)的价格,依照本联邦法第 77 条的规定,由公司董事会(监事会)确定。

第 79 条　重大交易批准程序(2001 年 8 月 7 日第 120 号联邦法修订)

1. 依照本条规定,重大交易由公司董事会(监事会)或股东大会批准。

2. 作为交易的财产标的价值达到公司净资产价值 25% 至 50% 的重大交易的批准决议,由公司董事会(监事会)全体董事一致表决通过。在这种情况下,公司董事会(监事会)离职董事的表决不计算在内。

如果公司董事会(监事会)对于批准重大交易事项不能达成一致意见,根据公司董事会(监事会)决议,批准重大交易事项可以由股东大会作出决议。在这种情况下,批准重大交易的股东大会决议由出席股东大会半数以上表决权股的股东表决通过。

3．交易标的财产价值达到公司净资产50%的重大交易批准的决议，由出席股东大会代表3/4以上表决权的多数通过。

4．批准重大交易的决议中应注明交易方、受益人、价格、交易标的和其他实质条件。

5．如果重大交易同时又是关联交易，其实施程序只能适用本联邦法第十一章的规定。

6．违反本条要求所实施的重大交易，公司或股东可以起诉认定其无效。

7．本条规定不适用于一个股东并同时履行独任制公司执行机关职能的公司。

第 80 条　自 2006 年 7 月 1 日起失效

（2006 年 1 月 5 日第 7 号联邦法宣布废止）

第十一章　公司实施的关联交易

第 81 条　公司实施的关联交易（2001 年 8 月 7 日第 120 号联邦法修订）

1．公司与公司董事会（监事会）董事、履行独任制公司执行机关职能的人、其中包括管理组织或管理人、委员会制公司执行机关成员或与其关联人共同持有公司 20% 以上表决权股的公司股东以及有权对公司发布强制指令的人所实施的关联交易（包括借款、贷款、抵押、担保），应符合本章条款的规定。

上述人员被认定为关联人，如果上述人员、他们的配偶、父母、子女、同胞和非同胞兄弟姐妹、养父母和养子女和（或）他们的实际控制人在公司所实施的交易中：

在交易中为其中的一方、受益人、中间人或代理人；

在交易中持有（每个人单独或者合计）作为其中一方、受益人、中间人或代理人的法人 20% 以上的股份（份额、股票）；

在交易中的交易一方、受益人、中间人或代理人法人机关中担任职务以及在该法人管理组织的管理机关中担任职务；

公司章程规定的其他情形。

2. 本章的条款不适用于以下情形：

一个股东并同时履行独任制公司执行机关职能的公司；

公司全体股东均为所实施交易的关联人；

行使公司发售股份和可转股有价证券优先购买权时；

（2005 年 12 月 27 日第 194 号联邦法）

公司购买和回购所发售的股份；

以公司合并（兼并）方式改组公司时；

（2006 年 7 月 27 日第 146 号联邦法修订）

依照联邦法和（或）俄罗斯联邦其他法律文件规定公司必须实施的交易和按照调整价格和税率国家权力机关确定的价格和税率进行结算的交易。

（2005 年 12 月 31 日第 208 号联邦法增加本段）

第 82 条　公司实施关联交易的信息

本联邦法第 81 条所列人员必须向公司董事会（监事会）、公司监察委员会（监察员）和公司审计人告知以下信息：

他们单独或者与其关联人合计持有 20% 以上股份（份额、股票）的法人情况；

他们在管理机关中担任职务的法人情况；

他们所知的正在实施或计划实施的他们被认定为关联人的交易情况。

第 83 条　实施关系交易的批准程序（2001 年 8 月 7 日第 120 号联邦法修订）

1. 依照本条规定，关联交易在实施之前，应经公司董事会（监事会）或股东大会批准。

2. 表决权股持有人股东不超过 1000 的公司，批准实施关联交易的决议由公司董事会(监事会)非关联董事的过半数表决通过。如果非关联董事不足章程确定的召开公司董事会(监事会)会议的法定人数,则该事项的决议应由股东大会按照本条第 4 款规定的程序通过。

3. 表决权股持有人股东超过 1000 的公司,批准实施关联交易的决议由公司董事会(监事会)与实施交易没有关联关系独立董事的过半数表决通过。如果公司董事会(监事会)全体董事均被认定为关联董事和(或)均非独立董事,则批准交易的决议可以由公司股东大会按照本条第 4 款规定的程序通过。

现在和在通过决议之前的 1 年内非为以下人员的公司董事会(监事会)董事,被认定为独立董事:

行使独任制公司执行机关职能的人,其中包括其管理人、委员会制公司执行机关成员、在管理组织管理机关中任职的人;

其配偶、父母、子女、同胞和非同胞兄弟姐妹、养父母和养子女在公司、管理组织管理机关中任职或为公司的管理人的人;

公司的实际控制人,公司董事会(监事会)董事除外。

4. 在下列情形下,实施关联交易的决议由股东大会与交易没有关联关系的表决权股持有人股东全部表决权的过半数通过:

作为一次交易或几次相互关联交易的标的,根据会计账簿资料(购买财产的报价)其财产价值达到公司最后一个结算日财务会计报告资产负债表净资产的 2% 以上,本款第 3 段和第 4 段规定的交易除外;

一次交易或几次相互关联的交易为募集发售或销售股份,其额度达到公司此前发售的普通股股份和此前发售的可转股有价证券可转换为普通股股份的 2% 以上;

一次或几次相互关联的交易为募集发售可转换为普通股股份的可转股有价证券,其额度达到公司此前发售的普通股股份和此前发售的可转股有价证券可转换为普通股股份的 2% 以上。

5.如果交易的条件与公司和关联人之间在其被认定为关联人之前所实施的一般经营活动的类似交易条件并无本质不同,则关联交易无须按照本条第4款规定由股东大会批准。上述例外仅适用于关联人被认定后至下一股东大会年会召开之前的期间。

6.在批准实施关联交易的决议中,应标明交易的一方、受益人、价格、交易标的和其他实质交易条件。

股东大会可以通过决议,批准公司在将来的一般经营活动过程中可以与关联人进行交易。在这种情况下,股东大会的决议中应标明可以进行交易的限额。该决议至下一届股东大会年会召开前有效。

7.对于由公司董事会(监事会)和股东大会通过决议批准的关联交易,转让或购买财产或服务的价格,由公司董事会(监事会)依照本联邦法第77条规定确定。

8.对于签订关联交易合同的程序,可以由联邦证券市场行政权力机关作出补充规定。

第84条　不遵守规定实施关联交易的后果

1.违反本联邦法规定实施的关联交易,可以根据公司或者股东的起诉认定无效。

(2001年8月7日第120号联邦法修订)

2.关联人在其给公司造成损失的限额内对公司承担责任。如果由几个人承担责任,则他们承担的责任为连带责任。

第十一·一章　收购开放式公司超过30％的股份

(2006年1月5日第7号联邦法增加本章)

第84.1条　收购开放式公司超过30％股份的要约

1.有意收购普通股和依照本联邦法第32条第5款规定享有表决权的

优先股,并与该人及其实际控制人所拥有的股份合计超过开放式公司股份总数 30% 的人,有权向开放式公司相应种类股份持有人股东发出收购其所拥有开放式公司股份的公开要约(下称"要约")。

要约内容可以包括向本款第 1 段标明的可转股有价证券持有人提出的收购其所有证券的要约。

自开放式公司收到要约时起,被视为向所有相应有价证券持有人发出要约。

2. 要约中应当标明:

发出要约人的姓名或者名称,本条第 3 款规定的其他信息及其住所或所在地的信息;

作为发出要约人实际控制人的开放式公司股东的姓名或者名称;

发出要约人及其实际控制人所拥有的开放式公司的股份数量;

收购有价证券的种类和数量;

收购有价证券的报价或其确定程序。如果在要约中标明了所收购有价证券价格的确定程序,应保证该种类有价证券全体持有人的统一收购价;

(2007 年 7 月 24 日第 220 号联邦法修订)

有价证券支付期限、程序和形式。要约可以规定收购有价证券支付货币或其他有价证券。在这种情况下,有价证券支付方式由所收购有价证券持有人选择;

(2007 年 7 月 24 日第 220 号联邦法修订)

要约的期限(在此期限内发出要约人应收到出售有价证券的申请),自开放式公司收到要约之时起不少于 70 日,也不得超过 90 日;

能够收到出售有价证券申请的通信地址;

移转有价证券程序和有价证券应存入发出要约人账户(存管账户)的期限;

在移转有价证券的处分中应注明发出要约人的信息;

有关根据本条第 5 款规定提供银行担保机关和银行担保条件信息。

如果发出要约人的行为是为了第三人的利益,但以自己的名义,则要约中应标明发出要约人行为所为利益人的姓名或者名称。在这种情况下,要约中还应标明本款第 2—4 段规定的有关发出要约的行为所为利益的信息。

涉及收购在公开证券交易市场流通的有价证券的要约中,还应包括联邦证券市场行政权力机关所作的本联邦法第 84.9 条规定的预先通知的日期登记。

3. 如果发出要约人为法人,则要约中应标明下列所有人的信息:

在该法人最高管理机关中单独或者与其实际控制人合计持有 20% 以上表决权的人;

在该法人最高管理机关中拥有 10% 以上表决权,并在给予税收优惠和(或)没有规定披露和提供从事金融业务(离岸经济区)信息的国家和区域进行了登记的人。在这种情况下,还应提供为其利益持有在离岸经济区境内进行登记的法人股份(份额)的人的信息。

4. 在要约中可以标明本条第 2 款和第 3 款没有规定的其他信息和条件,其中包括应提出出售申请的有价证券的最低数量,提交出售有价证券申请的个人地址,发出要约人针对开放式公司的收购计划,其中也包括针对公司员工的计划。

5. 要约应附银行担保,规定在发出要约人不履行的情况下,保证被担保人向原证券持有人履行支付证券款的债务和按期支付所购有价证券款项的义务。该银行担保不得撤回,并不得包含本章没有规定的指定受益人的内容。在这种情况下,银行担保的有效期限不得少于要约中标明的所购有价证券支付期限届满后的 6 个月。

6. 发出收购本条第 1 款所列开放式公司股份的公开要约,只能按照本条第 1 款规定的程序,其承诺的结果是发出要约人计划收购的股份数与其实际控制人所有的股份超过该种股份总数的 30% 以上。

禁止上述人员发出收购该份额股份要约邀请或发出收购该种股份并不标明股份数量的要约邀请。

发出要约人在要约接受期限届满前,无权以要约所定条件不同的条件收购股份。

违反本款要求所签订的交易合同,将发生本联邦法第84.3条第6款规定的后果。

7. 本章条款不适用于收购按照2001年11月29日第156号联邦《投资基金法》规定成立的股份投资基金超过30%股份的情形。

第84.2条　收购开放式公司股份以及开放式公司可转股其他有价证券的强制要约

1. 收购本联邦法第84.1条第1款所列股份,与自己及其实际控制人所有股份合计达到开放式公司股份总数30%以上的人,自相应证券记入证券账户(存管账户)时起的35日内必须向相应种类股份持有人股东和可转股有价证券持有人发出收购其有价证券的公开要约(下称"强制要约")。

(2007年7月24日第220号联邦法修订)

自开放式公司收到要约之时起,视为向所有相应有价证券持有人发出强制要约。

在接受强制要约期限届满前,发出强制要约人无权以强制要约所定条件不同的条件收购强制要约收购的有价证券。

2. 强制要约中应当标明:

强制要约人的姓名或者名称,本联邦法第84.1条第3款规定的其他信息,其住所或所在地;

作为发出强制要约人实际控制人的开放式公司股东的姓名或者名称;

发出强制要约人及其实际控制人所有的开放式公司股份数;

所收购有价证券的种类;

所收购有价证券的报价或其确定程序,报价依据,其中包括所收购有价证券报价符合本条第 4 款要求的信息；

（2007 年 7 月 24 日第 220 号联邦法修订）

接受强制要约的期限（在此期限内强制要约人应收到出售有价证券的申请），但自开放式公司收到强制要约时起不得少于 70 日和超过 80 日；

邮寄出售有价证券申请的通信地址；

有价证券移转程序以及有价证券应转入发出强制要约人证券账户（存管账户）的期限。在这种情况下，上述期限自接受强制要约期限届满之日起不得少于 15 日；

（2007 年 7 月 24 日第 220 号联邦法修订）

支付有价证券款的期限，自相应证券转入强制要约人账户（存管账户）之时起不得超过 15 日；

有价证券款支付程序和方式；

在移转有价证券指令中应注明的强制要约人的信息；

依照本条第 3 款规定提供银行担保的机关和银行担保条件的信息。

在由独立评估人对向开放式公司发出强制要约的有价证券确定市场价的情况下，应附独立评估人作出的回购有价证券市场价的报告副本。

在强制要约中，如涉及收购在公开证券交易市场流通的有价证券，还应包括联邦证券市场行政权力机关所做的本联邦法第 84.9 条规定的预先通知的日期登记。

在强制要约中，可以标明发出强制要约人对开放式公司的收购计划，其中包括针对其员工的计划，以及提交出售有价证券申请的个人地址。

在强制要约中不得设定本款未规定的条件。

3. 强制要约应附本联邦法第 84.1 条第 5 款要求的银行担保。

4. 有价证券的要约收购价不得低于依照本联邦法第 84.9 条第 1 款和第 2 款规定向联邦证券市场行政权力机关发出强制要约日前 6 个月有价证券市场牌价的中间价。如果有价证券在 2 个以上的证券市场进行交易，则其中间牌价依照该证券挂牌交易 6 个月以上的所有证券市场的挂牌价确定。

如果有价证券没有在公开竞价的证券市场流通或者在公开竞价的证券市场流通的时间不到 6 个月,则有价证券收购价不得低于独立评估人确定的市场价。在这种情况下,评估的是一种相应股份(其他有价证券)的市场价。

如果向开放式公司发出强制要约之前的 6 个月期间,强制要约人或其实际控制人收购或有义务收购相应的有价证券,则有价证券强制要约的收购价不得低于他们已经收购或有义务收购有价证券的最高价。

5. 强制要约应规定以货币支付所收购的有价证券款。

强制要约可以提供选择以货币或者其他有价证券向有价证券持有人支付有价证券款的可能性。

作为支付收购有价证券价款的有价证券的货币估价,不得高于根据向开放式公司发出强制要约之日前 6 个月有价证券市场牌价确定的中间价;如果有价证券没有在公开竞价的证券市场流通或者在公司竞价的证券市场流通时间不到 6 个月,则不得高于独立评估人确定的市场价。强制要约应附该有价证券货币估价的证明文件。

6. 自收购本条第 1 款所列开放式公司股份总数 30% 以上之时起和按照本条要求向开放式公司发出强制要约前,本条第 1 款所列人员及其实际控制人享有该种股份 30% 的表决权。在这种情况下,该人及其补报控制人所拥有的其余股份,在确定法定人数时不予计算。

(2007 年 7 月 24 日第 220 号联邦法修订)

7. 本条规则适用于收购开放式公司该种股份总数 50% 和 70% 的开放式公司股份份额(本联邦法第 84.1 条第 1 款所列)的情形。在这种情况下,本条第 6 款设定的限制仅适用于再次收购超过相应份额股份的情形。

8. 本条规定不适用于以下情形:

开放式公司设立或改组时收购股份;

根据此前发出的收购本条第 1 款规定的开放式公司全部有价证券的要

约收购股份,但该要约应符合本条第2—5款规定的要求;

根据此前发出的强制要约收购股份;

该人向其实际控制人或实际控制人向该人移转股份,以及夫妻财产分割和按继承程序所引起的股份移转;

开放式公司注销部分股份;

股东因行使新股优先收购权而收购股份;

有价证券发售说明书中所列为组织发售和(或)发售股份提供服务的人收购股份,条件是该人持有该种有价证券不得超过6个月;

向开放式公司有价证券持有人发出其有权要求依照本联邦法第84.7条规定回购有价证券的通知;

向开放式公司提出依照本联邦法第84.8条规定回购其有价证券的要求。

第84.3条　开放式公司收到要约或强制要约后的义务以及接受要约或强制要约的程序

1. 按照通信地址,通过开放式公司向有价证券持有人发出要约或者强制要约。

开放式公司收到要约或者强制要约后,开放式公司董事会(监事会)必须对所收到的要约通过建议案,包括收购有价证券的报价和收购后市场价可能发生变化的评估,针对开放式公司以及公司员工发出要约或者强制要约人的计划的评估。

如果公司董事会(监事会)的职能由股东大会行使,上述建议案由临时股东大会通过。在这种情况下,召开临时股东大会的请求应在通过相关提案期限届满前的35日前向公司提出,并应当包含所收到要约的建议方案草案。股东大会提出的建议案,应当按照本联邦法第62条第4款规定的程序和期限通知享有股东大会参加权的名单上的人。

(2007年7月24日第220号联邦法增加本段)

2. 开放式公司自收到要约或者强制要约之日起的 15 日内,必须将报价连同开放式公司董事会(监事会)的建议案,按照本联邦法规定的发出召开股东大会通知的程序,一并发送给全体有价证券持有人。如果公司董事会(监事会)的职能由该公司股东大会行使,开放式公司必须自收到要约或者强制要约之日起的 5 日内,按照通信地址将其发送给有价证券持有人。

(2007 年 7 月 24 日第 220 号联邦法修订)

收购有价证券持有人的名单,根据开放式公司收到要约或者强制要约之日的有价证券持有人名册资料进行编制。如果有价证券持有人名册登记的是票面持有人,则该要约和建议寄给票面持有人,以便其转寄给有价证券实际所有人。

如果开放式公司的章程规定由固定出版物发布召开股东大会的通知,则要约或者强制要约以及开放式公司董事会(监事会)的建议,自开放式公司收到要约或者强制要约之日起的 15 日内由开放式公司在该出版物上发布。

在强制要约人提供独立评估人出具的有价证券市场价评估报告的情况下,开放式公司向有价证券持有人发出强制要约时,应附独立评估人有关收购有价证券市场价评估报告的结论部分副本。开放式公司必须按照本联邦法第 91 条第 2 款规定的程序向有价证券持有人提供独立评估人有关有价证券市场价的评估报告。

在向有价证券持有人发出要约或者强制要约的同时,开放式公司必须向强制要约人发出开放式公司董事会(监事会)的建议案。

开放式公司因履行本款规定义务所支付的费用,由要约人或者强制要约人承担。

3. 要约人向开放式公司发出要约或者强制要约后,有权以任何其他方式将相关信息告知有价证券持有人。在这种情况下,该信息的范围和内容应与要约或者强制要约包含的信息范围和内容相符。

4. 向其发出要约或者强制要约的有价证券持有人,有权以按照要约或者强制要约中标明的通信地址邮寄出售有价证券申请的方式接受要约,或者在相关要约规定的情况下,通过向要约或者强制要约中标明的个人地址提供该申请的方式接受要约。

在出售有价证券的申请中应注明有价证券持有人同意出售给要约或者强制要约人有价证券的方式、种类和数量以及可供选择的支付形式。在根据要约出售股份的申请中,还可注明在本条第 5 款规定的情形下股东同意出售股份的最低数量。

如果有价证券持有人是向本联邦法第84.5 条规定的竞价要约人发出的有价证券出售申请,则其有权在接受要约或者强制要约期限届满前撤回有价证券的出售申请。在这种情况下,按照本款规定的接受要约或者强制要约的程序撤回有价证券出售申请。

在接受要约或者强制要约期限届满之前,如果要约或者强制要约人收到有价证券持有人一个以上出售有价证券的申请,则最后日期收到的申请为有效申请;如果没有日期,则最后一个申请为有效申请。

5. 在接受自愿或者强制要约期限届满之前收到的全部出售有价证券申请,均视为要约或者强制要约人在上述期限届满日收到的申请。

如果递交出售申请的股份总数超过自愿要约人计划收购的股份数,或者递交出售申请的股份数超过依照联邦《外国投资国防和国家安全战略公司实施程序法》规定要求要约或强制要约人有权收购的股份数量,则按照申请的股份数比例收购股份,要约或出售股份申请另有规定的除外。

(2008 年 4 月 29 日第 58 号联邦法修订)

6. 如果要约或者强制要约,或根据要约或者强制要约所签订的收购有价证券的合同与本联邦法要求不符,有价证券原持有人有权要求相关要约人赔偿因此所造成的损失。

7. 有价证券持有人必须移转有价证券,使其不受第三人任何人权利的制约。

8. 如果所收购的有价证券没有在相应要约规定的期限内存入要约或者强制要约人的账户(存管账户),要约或者强制要约人有权单方面拒绝履行收购有价证券合同。

在要约或者强制要约人不按期履行支付有价证券款的情况下,有价证券原持有人根据自己的选择,有权要求为保证要约或者强制要约债务履行提供银行担保的保证人支付有价证券款,并附从有价证券持有人账户(存管账户)划出有价证券并存入要约或者强制要约人账户(存管账户)的证明文件,或单方面解除有价证券收购合同,并要求返还有价证券。

9. 要约或者强制要约人自接受要约或者强制要约期限届满之日起的30日内,必须向开放式公司和联邦有价证券市场行政权力机关报送接受相应要约结果报告。要约或者强制要约接受结果报告及其提交程序要求,由联邦证券市场行政权力机关作出规定。

第84.4条　要约或者强制要约的修改

1. 要约或者强制要约人有权修改要约,提高有价证券收购价和(或)缩短有价证券收购款支付期限。

在根据要约或者强制要约提高有价证券收购价的情况下,保证要约或者强制要约完全债务履行的银行担保也应作出相应变更,并将有价证券收购价的提高计算在内。

在开放式公司收到本联邦法第84.5条规定的竞价要约的情况下,要约或者强制要约人有权延长接受要约的期限,但不得超过最后一个竞价要约期限届满之时。

对要约或者强制要约所作修改对全体有价证券持有人有效,其中也包括在相应要约修改前发出出售有价证券申请的有价证券持有人。

2. 在接受要约或者强制要约期限届满前,相应要约人对相应要约的有价证券,其中包括其实际控制人所有的有价证券份额增加或者减少10%以上时,以及在处分有价证券的指令中应注明的关于要约或者强制要约人信息发生变更的情况下,该人必须对要约或者强制要约的相应信息进行修改。

对要约或者强制要约所作的修改至接受相应要约届满前不足 25 天的情况下,这一期限延长至 25 天。

(2007 年 7 月 24 日第 220 号联邦法修订)

3. 对要约或者强制要约所作的修改,按照本联邦法第 84.3 条第 2 款规定的程序告知有价证券持有人和本联邦法第 84.5 条规定的竞价要约人。

第 84.5 条　竞价要约

1. 开放式公司收到要约或者强制要约后,任何人都有权对相应有价证券发出其他形式的要约(下称"竞价要约")。竞价要约应在开放式公司此前最后收到的要约接受期限届满 25 日前向开放式公司发出。

2. 竞价要约中标明的有价证券收购价不得低于此前要约或者强制要约中标明的有价证券收购价。竞价要约中标明的有价证券收购数量不得少于此前要约或者强制要约中标明的有价证券收购数量,或者竞价要约中应规定收购相应种类全部有价证券。

3. 本联邦法第 84.1 条规定适用于要约接受期限届满前发出的竞价要约,本联邦法第 84.2 条规定适用于强制要约接受期限届满前发出的竞价要约。在这种情况下,在向有价证券持有人发出竞价要约的同时,开放式公司还必须向此前要约或者强制要约人发出竞价要约。对于此前的要约或者强制要约,开放式公司收到的相应要约为竞价要约。

第 84.6 条　开放式公司管理机关收到要约或者强制要约后通过决议的程序

1. 开放式公司收到要约或者强制要约后,只能由公司股东大会对以下事项作出决议:

通过在待发售股数量和种类限额内发售新股增加开放式公司的注册资本;

开放式公司发售可转股有价证券,其中包括开放式公司的购股权在内;

批准一次或几次相互关联的与开放式公司收购、转让或可能转让财产的交易,根据开放式公司最后一次结算财务会计报表数据确定的公司资产负债表,其直接或间接价值达到开放式公司净资产10%以上,但这样的交易不是开放式公司日常经营活动过程中所实施的交易或者实施于开放式公司收到要约或者强制要约之前;如果开放式公司收到的要约或者强制要约是收购公开交易的有价证券,则交易实施于向开放式公司发出相关要约的信息披露之前;

批准关联交易;

开放式公司在本联邦法规定的情况下回购所发售的股份;

提高在开放式公司管理机关中任职人员的报酬,设定终止其职权的条件,其中包括设定或提高终止其职权所应支付的补偿金。

本款设定的限制,在要约或者强制要约接受期限结束后经过20日终止。如果在此之前,因接受要约或者强制要约而收购本联邦法第84.1条第1款所列股份的人,将该人所有股份及其实际控制人所有的股份计算在内达到开放式公司股份总数30%以上时,该人要求召开开放式公司临时股东大会,会议议程包括选举开放式公司董事会(监事会)事项,本款设定限制的效力到开放式公司规定该事项的股东大会就选举公司董事会(监事会)事项进行表决的统计结果确定之前。

2. 开放式公司违反本条第1款规定所实施的交易,可以根据开放式公司、股东或者要约或者强制要约人的起诉而认定无效。

第84.7条　收购超过开放式公司95%以上股份的人员根据持有人请求而收购有价证券

1. 因收购本联邦法第84.2条第1款规定的开放式公司全部股份的要约或强制要约,如果该人与其实际控制人持有的股份合并计算而成为本联邦法第84.1条第1款所列开放式公司股份总数95%以上股份的持有人,必须根据持有人的请求收购公司其他股东所有的股份和可转股有价证券。

2. 本条第 1 款所列人员必须在收购相应有价证券份额之日起的 35 日内向享有收购其有价证券请求权的有价证券持有人发出其享有该权利的通知。

在收购有价证券请求权通知中应当标明:

本条第 1 款所列人员的姓名或者名称,本联邦法第 84.1 条第 3 款规定的其他材料以及其住所或者所在地信息;

本条第 1 款所列人员及其实际控制人所有开放式公司股份数;

有价证券收购价或者价格确定程序(考虑到本联邦法第 84.1 条第 2 款第 6 段规定的要求),价格依据,其中包括收购有价证券报价是否符合本条第 6 款要求的信息;

(2007 年 7 月 24 日第 220 号联邦法修订)

有价证券收购款支付程序;

邮寄有价证券收购请求的通信地址;

在移转有价证券指令中应注明的关于本条第 1 款所列人员的信息;

根据本条第 3 款规定提供银行担保的担保人信息和银行担保的条件。

在由独立评估人确定收购有价证券市场价的情况下,向开放式公司发出的有价证券收购请求权的通知应附独立评估人关于收购有价证券市场价报告的副本。

有价证券收购请求权通知应规定以货币支付有价证券收购款。

收购有价证券请求权的通知中应包含联邦有价证券市场行政权力机关所作的本联邦法第 84.9 条规定的提交通知的日期登记。

收购有价证券请求权的通知,应当通过公司发送。开放式公司收到通知后,按照本联邦法第 84.3 条第 3 款规定的程序发送给有价证券持有人。

3. 通知应附符合本联邦法第 84.1 条第 5 款要求的银行担保。

4. 持有人收购其有价证券的请求,应在开放式公司向其发送有价证券收购请求权通知之日起的 6 个月内提交。

持有人收购其有价证券的请求,由这些有价证券持有人向本条第 1 款所列人员发送,并附有价证券从证券持有人账户(存管账户)划出以便存入本条第 1 款所列人员账户(存管账户)的证明文件。

在持有人收购其有价证券的请求中,应注明收购有价证券的种类和数额。

有价证券持有人必须移转与第三人的任何权利没有关系的有价证券。

5. 本条第 1 款所列人员,必须按照本条的规定在收到本条第 4 款规定的证明文件后的 15 日内支付有价证券款。

6. 回购有价证券,按照本联邦法第 84.2 条第 4 款规定程序确定的价格进行。在这种情况下,其价格不得低于:

本条第 1 款所列之人,如果将该人所有及其实际控制人所有股份计算在内,成为本联邦法第 84.1 条第 1 款所标明的开放式公司股份总数 95% 以上的持有人,根据要约或者强制要约确定的有价证券收购价;

在要约或者强制要约接受期限届满后,如果将本条第 1 款所列之人所有及其实际控制人所有股份计算在内,该人即成为本联邦法第 84.1 条第 1 款所标明的开放式公司股份总数 95% 以上的持有人,本条第 1 款所列之人或其实际控制人收购或强制收购这些有价证券的最高价。

7. 在本条第 1 款所列人员不履行按期支付有价证券款的情况下,有价证券原持有人根据自己的选择,有权按照本条第 3 款向提供银行担保的担保人请求支付有价证券款,并附从有价证券持有人账户(存管账户)划出有价证券以存入本条第 1 款所列之人账户(存管账户)的证明文件,或单方面解除收购有价证券合同,并要求返还有价证券。

8. 在本条第 1 款所列人员不履行本条第 2 款规定的发送收购有价证券请求权通知义务的情况下,应当收购的有价证券的持有人有权向本条第 1 款所列之人提出收购其所有有价证券的请求,并附其向有价证券名册持有人所提交的移转收购有价证券指令的副本。该请求可以在有价证券持有人知道其拥有有价证券收购请求权之日起的 1 年内提出,但不得早于本条第 2 款所标明的期限。

自有价证券持有人向有价证券名册持有人提交向本条第 1 款所列之人移转有价证券指令时起,至本条第 1 款所列之人支付有价证券款并向有价证券名册持有人提交付款证明文件时止,停止有价证券持有人账户的全部业务。

本条第 1 款所列之人,自收到有价证券收购请求之日起的 15 日内,必须支付有价证券款。

在本条所列之人提交有价证券款支付文件后的 3 日内,登记人必须将其所收购的有价证券从有价证券持有人账户中划出,并存入本条所列之人的有价证券账户。

如果本条第 1 款所列之人没有按照本条规定的程序向有价证券持有人名册持有人提交其收购有价证券款的支付证明文件,则对有价证券持有人处分有价证券账户的限制解除,移转有价证券的指令撤销。

9. 本条第 1 款所列之人,有权依照本联邦法第 84.8 条的规定向开放式公司发出收购有价证券的请求,以代替履行本条第 1—7 款的义务。在这种情况下,本条第 1 款所列之人,必须履行有价证券持有人依照本条第 8 款的规定在本条第 1 款所列之人依照本联邦法第 84.8 条规定向开放式公司发出收购有价证券请求之前提出的收购其有价证券的请求。

第 84.8 条　根据持有超过开放式公司 95% 以上有价证券人员的请求收购开放式公司有价证券

1. 本联邦法第 84.7 条第 1 款所列之人,有权收购开放式公司股东持有的本联邦法第 84.1 条第 1 款所标明的股份以及有价证券持有人可转换为开放式公司股份的有价证券。

本联邦法第 84.7 条第 1 款所列之人,自要约或者强制要约收购本联邦法第 84.2 条第 1 款规定的全部有价证券或者收购本联邦法第 84.1 条第 1

款所标明的开放式公司股份总数 10% 以上的强制要约接受期限届满之时起的 6 个月内,有权向开放式公司发出收购上述有价证券的请求。

(2007 年 7 月 24 日第 220 条联邦法修订)

收购有价证券的请求,通过公司发送给有价证券持有人。

2. 收购有价证券的请求中应当标明:

本条第 1 款所列之人的姓名或者名称和本联邦法第 84.1 条第 3 款规定的其他资料及其住所或所在地信息;

作为本条第 1 款所列之人实际控制人的开放式公司股东的姓名或者名称;

本条第 1 款所列之人及其实际控制人所有的开放式公司股份数;

所收购有价证券的种类;

有价证券收购价和符合本条第 4 款报价要求的资料信息;

编制收购有价证券持有人名册和确定向开放式公司发出有价证券收购请求后不早于 45 日和不晚于 60 日的日期;

支付有价证券款程序,其中包括自编制收购有价证券持有人名册之日起不得超过 25 日的支付期限。如果所收购的有价证券被查封,上述期限自本条第 1 款所列之人知道或者应当知道这些有价证券的查封被解除或撤销之日起计算;

(2007 年 7 月 24 日第 220 条联邦法修订)

在本条第 7 款规定的情况下,将价款进行暂存的公证人资料信息。

在收购有价证券请求中,应包含联邦有价证券市场行政权力机关所作的本联邦法第 84.9 条规定的提交预先通知日期的记载。

向开放式公司所发出的有价证券收购请求,应附独立评估人所作的有价证券市场收购价的报告副本。

3. 开放式公司将其所收到的有价证券收购请求,按照本联邦法第 84.3 条第 2 款规定的程序发送给有价证券持有人。

如果所收购的有价证券为抵押或有其他负担的标的,开放式公司根据从登记人和票面持有人处所获得的信息,还应将收购有价证券请求发送给抵押权人或负担设定的受益人。

如果有价证券持有人名册的持有人为登记人,开放式公司也应将上述请求发送给登记人。

开放式公司和登记人所支出的费用,由本条第 1 款所列之人予以补偿。

4. 有价证券收购不得低于有价证券的市场价,该市场价应由独立评估人确定。在这种情况下,上述价格不得低于:

根据要约或者强制要约所确定的价格进行收购,结果将使本联邦法第 84.7 条第 1 款所列之人,如果将其实际控制人所有股份计算在内即成为本联邦法第 84.1 条第 1 款所标明的开放式公司超过股份总数 95% 的持有人,要约或者强制要约价;

在要约或者强制要约接受期限届满后,如果在有价证券收购后与实际控制人所有股份合并计算,本联邦法第 84.7 条第 1 款所列之人成为本联邦法第 84.1 条第 1 款所标明的开放式公司超过股份总数 95% 的持有人,本条第 1 款所列之人或其实际控制人所收购或者必须收购的有价证券的最高价格。

有价证券收购款只能以货币支付。

不同意有价证券收购价的有价证券持有人有权向仲裁法院提起诉讼,请求赔偿因不适当确定有价证券收购价所造成的损失。该诉讼可以在有价证券持有人知道其有价证券从账户(存管账户)划出之日起的 6 个月内向法院提起。有价证券持有人向仲裁法院提起的诉讼不作为中止有价证券收购或者认定其无效的理由。

5. 开放式公司自被收购有价证券持有人名单编制完成之日起的 14 日内,必须将名单转交本条第 1 款所列之人。

被收购有价证券持有人名单,根据收购有价证券请求中所标明日期的有价证券持有人名册数据资料编制。为编制有价证券持有人名单，有价证券票面持有人应提供有关其所持有的有价证券实际权利人的数据资料。

自有价证券持有人名单编制之日起，有价证券权利及其负担不得移转。自收购有价证券请求中标明的日期开始，停止有价证券持有人名册管理系统中与被收购有价证券以及相应存管账户有关的全部业务。

如果本条第 1 款所列之人未向有价证券持有人名册管理人提交按照本条规定程序支付被收购有价证券款的证明文件，有价证券持有人处分被收购有价证券的限制解除。

6. 被收购有价证券持有人有权向本条第 1 款所列之人发出申请，内容包含应当汇划被收购有价证券货币款项的银行账户要项信息或者被收购有价证券货币款项的邮寄地址。在这种情况下，如果本条第 1 款所列之人在被收购有价证券持有人名册和收购有价证券请求中标明的日期前收到申请，则申请视为在期限内发出。

7. 本条第 1 款所列之人，必须按照有价证券持有人申请中所标明的银行账户或地址汇付被收购的有价证券款，该有价证券持有人应为收购有价证券请求中标明日期编制的被收购有价证券持有人名单中的持有人。

如果在规定期限内未收到上述有价证券持有人的申请或在这些申请中没有银行账户或者汇付款项的信息，本条第 1 款所列之人必须向开放式公司所在地的公证人处提存被收购有价证券款。在票面持有人未提供其所持有价证券实际权利人信息的情况下，本条第 1 款所列之人必须向票面持有人支付被收购有价证券款。向票面持有人汇付货币款，视为债务的适当履行。

8. 自本条第 1 款所列之人提交被收购有价证券款支付证明文件后的 3 日内，有价证券持有人名册管理人必须从其持有人账户以及其票面持有人账户中划出被收购的有价证券，并存入本条第 1 款所列之人的账户。按照本条规定的程序从票面持有人账户划出有价证券，为票面持有人无需委托授权在存管账户签字终止相应有价证券权利的根据。

（2007 年 7 月 24 日第 220 号联邦法修订）

第 84.9 条　对收购开放式公司股份进行国家监督

1. 涉及收购在公开证券市场流通的有价证券的要约或者强制要约,本联邦法第 84.7 条规定的收购有价证券请求权的通知和本联邦法第 84.8 条规定的收购有价证券请求,在向开放式公司发出之前,应提交联邦有价证券市场行政权力机关(下称"预先通知")。

在收到上述文件之时,联邦有价证券市场行政权力机关必须在留给上述文件提交者的文件上注明向其提交预先通知的日期。

自向联邦有价证券市场行政权力机关提交预先通知之时起 15 日届满,有意提出要约或者强制要约、发出本联邦法第 84.7 条规定的有价证券收购请求权通知或本联邦法第 84.8 条规定的收购有价证券请求的人,有权向开放式公司发出相关要约、上述通知或请求,如果在这一期限届满前,联邦证券市场行政权力机关未根据本条第 4 款规定的理由发出调整相关要约、上述通知或请求以使其符合本联邦法要求的指令。

2. 涉及收购未在公开证券市场流通的有价证券的要约或者强制要约,要约或者强制要约人在向开放式公司发出相关要约前,应向联邦证券市场行政权力机关提交有关要约。

3. 除向联邦证券市场行政权力机关提交要约或者强制要约、本联邦法第 84.7 条规定的有价证券收购请求权的通知或本联邦法第 84.8 条规定的有价证券收购请求外,还应提交符合本联邦法要求的经过公证的相关要约、上述通知或请求所附文件的副本。

4. 在下列情形下,联邦证券市场行政权力机关向提交要约或者强制要约、本联邦法第 84.7 条规定的有价证券收购请求权通知或本联邦法第 84.8 条规定的有价证券收购请求的人发出调整相关要约、上述通知或请求以使其符合本联邦法要求的指令:

未提交向开放式公司发出相关要约、上述通知或请求符合本联邦法规定的必要文件；

在相关要约、上述通知或请求中没有本章规定的全部信息资料和条件；

收购或者被收购有价证券的价格确定程序不符合本联邦法规定的要求，其中包括向联邦证券市场行政权力机关提交文件后的 6 个月内发现操纵收购或被收购有价证券价格的事实，故意压低收购价或被收购有价证券价格的情形。

对联邦证券市场行政权力机关调整相关要约、上述通知或请求以使其符合本联邦法要求的指令，可以向仲裁法院提起诉讼。

5. 联邦证券市场行政权力机关超过发出指令的期限，有权向开放式公司所在地的仲裁法院提起诉讼，要求根据本条第 4 款所列理由调整相关要约、上述通知或请求以使其符合本联邦法的要求。

6. 根据本联邦法第 84.4 条规定对要约或者强制要约所作的修改，作出上述修改的人在向开放式公司发出相应修改前，应提交给联邦证券市场行政权力机关。

7. 联邦证券市场行政权力机关制定向联邦证券市场行政权力机关提交要约或者强制要约、本联邦法第 84.7 条规定的有价证券收购请求权通知和本联邦法第 84.8 条规定的有价证券收购请求的程序要求。

第 84.10 条　统计优先股的特别规定

为了本章的目的，在确定开放式公司的股份份额时，还应将公司章程赋予表决权的开放式公司优先股统计在内，如果这些优先股发售在 2002 年 1 月 1 日之前或是 2002 年 1 月 1 日前发售的有价证券转换的优先股。在这种情况下，赋予一个以上表决权的优先股，按其所享有的表决权数进行统计。

第十二章　公司的财务活动监督

第 85 条　公司的监察委员会(监察员)

1. 为了对公司财务活动进行监督,由公司股东大会根据公司章程规定选举公司监察委员会(监察员)。新成立公司监察委员会委员或监察员的选举,应考虑本联邦法第二章的特别规定。

(2006 年 7 月 27 日第 146 号联邦法修订)

根据股东大会决议,公司监察委员会委员在其执行职务期间可以领取报酬和(或)补偿其与执行自己职务有关的支出。报酬和补偿的金额,由股东大会决议确定。

(2001 年 8 月 7 日第 120 号联邦法增加本段)

2. 本联邦法未规定的监察委员会(监察员)职权事项,由公司章程规定。

公司监察委员会(监察员)的活动程序,由股东大会确认的公司内部文件确定。

3. 根据公司年度活动结果以及根据公司监察委员会(监察员)提议、公司股东大会和董事会(监事会)决议或合计持有公司 10% 以上表决权股股东的要求,可以对公司财务活动随时进行审查(检查)。

4. 根据公司监察委员会(监察员)要求,在公司管理机关中任职的人员必须提供公司财务活动文件。

5. 依照本联邦法第 55 条规定,公司监察委员会(监察员)有权召集临时股东大会。

6. 公司监察委员会(监察员)委员不得兼任公司董事会(监事会)董事,也不得担任公司管理机关中的其他职务。

属于公司董事会(监事会)董事或者在公司管理机关中担任其他职务人员的股份,不得参加公司监察委员会(监察员)的选举表决。

第86条　公司审计人

1. 根据与其签订的合同,公司审计人(公民或者审计组织)依照俄罗斯联邦法律文件的规定对公司的财务活动进行审查。

2. 公司的审计人由股东大会确认。向其支付的服务报酬金额由公司董事会(监事会)确定。

第87条　公司监察委员会(监察员)或公司审计人的结论

公司监察委员会(监察员)或审计人,根据公司财务活动审查结果作出结论,内容包括:

对公司报告内容和其他财务文件的真实性予以确认;

违反俄罗斯联邦法律文件规定的管理会计账簿和报送财务报表程序以及在进行财务活动中违反俄罗斯联邦其他法律文件的事实信息。

第十三章　公司账簿和报表、文件以及有关公司的信息

第88条　公司会计账簿和财务报表

1. 公司必须设置会计账簿,并按照本联邦法和俄罗斯联邦其他法律文件规定的程序报送财务报表。

2. 对公司会计账簿的组织、保管和真实性,向相应机关及时报送公司年报和其他财务报表,以及向公司股东、债权人和媒体提供的公司其他活动信息,根据本联邦法、俄罗斯联邦其他法律文件、公司章程的规定,由公司执行机关负责。

3. 公司年报、年度会计报表数据资料的真实性,应由公司监察委员会(监察员)确认。

(2001年8月7日第120号联邦法修订)

在公司公布本款上述文件之前,依照本联邦法第92条的规定,公司必须聘请与公司或其股东没有财产利益关系的审计人对年度财务报表进行年审

和确认。

4. 公司年报应在股东大会年会召开 30 日前经公司董事会（监事会）确认，在公司没有董事会（监事会）的情况下，由履行独任制公司执行机关职能的人确认。

（2001 年 8 月 7 日第 120 号联邦法修订第 4 款）

第 89 条　公司文件的保管（2001 年 8 月 7 日第 120 号联邦法修订）

1. 公司必须保管下列文件：

公司设立合同；

公司章程、按照规定程序进行登记的对公司章程所作的变更和补充、公司设立决议、公司国家登记文件；

（2001 年 8 月 7 日第 120 号联邦法修订）

公司资产负债表中的公司财产确认文件；

公司内部文件；

公司分支机构或代表处规章；

年报；

会计账簿文件；

会计报表文件；

股东大会（作为公司全部表决权股持有人股东的决议）、公司董事会（监事会）、公司监察委员会（监察员）和委员会制公司执行机关（管理处、经理室）会议记录；

表决票以及参加股东大会授权委托书（委托书副本）；

独立评估人报告；

公司实际控制人名单；

有权参加股东大会、有权取得股利人员名单以及公司依照本联邦法要求为股东行使自己的权利而编制的其他名单；

公司监察委员会（监察员）、公司审计人、国家和自治地方财务监督机关的结论；

发行人的发行计划、季报和依照本联邦法和其他联邦法律规定其内容应予公告或以其他方法披露的其他文件；

本联邦法、公司章程、公司内部文件、公司股东大会、董事会(监事会)、公司管理机关决议规定的其他文件以及俄罗斯联邦法律文件规定的文件。

2. 公司在其执行机关所在地,按照联邦证券市场行政权力机关规定的程序和期限保管本条第 1 款规定的文件。

第 90 条　公司提供信息

有关公司的信息,由其依照本联邦法和俄罗斯联邦其他法律文件的要求提供。

第 91 条　公司向股东提供信息(2001 年 8 月 7 日第 120 号联邦法修订)

1. 公司必须保证股东能够查阅本联邦法第 89 条第 1 款规定的文件。合计持有公司 25% 以上表决权股的股东有权查阅会计账簿文件和委员会制公司执行机关会议记录。

在俄罗斯联邦、俄罗斯联邦主体或自治地方组织对开放式公司使用特别参与权管理上述公司("金股")的情况下,该公司应保证俄罗斯联邦、俄罗斯联邦主体或自治地方组织代表查阅自己的全部文件。

2. 在提出相关查阅请求的 7 日内,本条第 1 款规定的文件应置备于公司执行机关。公司必须根据有权查阅本条第 1 款规定文件者的请求,向其提供主述文件的复制件。公司提供该复制件所收取的费用不得超过其制作工本费。

第 92 条　公司的强制信息披露(2001 年 8 月 7 日第 120 号联邦法修订)

1. 开放式公司必须披露下列信息：

公司年报、年度会计报表；

在俄罗斯联邦法律文件规定的情况下,公司的股份发行计划；

按照本联邦法规定的程序召开股东大会的通知；

联邦证券市场行政权力机关规定的其他信息。

2. 包括封闭式公司在内,公开发售债券或其他有价证券的情况下,公司信息的强制披露按照联邦证券市场行政权力机关规定的范围和程序进行。

第 93 条　关于公司实际控制人的信息

1. 公司的实际控制人,依照俄罗斯联邦立法的要求予以认定。

2. 公司的实际控制人必须在购买股份之日起的 10 日内,将其所拥有股份的数额和种类书面通知公司。

3. 如果由于实际控制人未向公司提交或未及时提交上述信息的过错而造成财产损失,实际控制人在造成损失的限额内对公司承担责任。

4. 公司必须对其实际控制人进行登记,并依照俄罗斯联邦立法的要求提交有关报告。

第十四章　附　　则

第 94 条　本联邦法的施行

1. 本联邦法自 1996 年 1 月 1 日起施行。

2. 自本联邦法施行之时起,在俄罗斯联邦境内现行有效的法律文件,在调整其与本联邦法相符以前,不与本联邦法抵触的部分继续适用。

3. 不符合本联邦法规范的公司设立文件,自本联邦法施行之时起,不与上述规范抵触的部分继续适用。

(2001 年 8 月 7 日第 120 号联邦法修订)

(2001 年 8 月 7 日第 120 号联邦法删除本段)

股份为俄罗斯联邦、俄罗斯联邦主体、自治地方组织所有的股份公司,股东权由相应的财产管理委员会、财产基金会或其他国家授权机关或自治地方机关以上述公共组织的名义行使,上述股份公司股份移转为依托管理由单一制企业和机构行使经营权或业务管理权以及依照联邦法规定由国有公司管理股份的情形除外。

（2007 年 12 月 1 日第 318 号联邦法修订）

4. 本联邦法第 7 条第 3 款第 2 段和第 3 段规定，不适用于本联邦法施行前成立的封闭式公司。

（2001 年 8 月 7 日第 120 号联邦法修订）

5. 至相应联邦法施行前，本联邦法第 1 条第 4 款所列公司根据本联邦法施行前通过的俄罗斯联邦法律文件开展活动。

6. 建议俄罗斯联邦总统在 1996 年 3 月 1 日前的期限内调整其所发布的法律文件，使其与本联邦法相符。

7. 委托俄罗斯联邦政府在 1996 年 3 月 1 日前的期限内：

调整其所发布的法律文件，使其与本联邦法相符；

通过保障本联邦法实施的法律文件。

俄罗斯联邦总统：Б.叶利钦
莫斯科　克里姆林宫
1995 年 12 月 26 日联邦法第 208 号

俄罗斯联邦员工股份公司（人民企业）特别法律地位法

1998 年 6 月 24 日国家杜马通过

1998 年 7 月 9 日联邦委员会批准

（2002 年 3 月 21 日联邦法第 31 号修订文本）

第 1 条　本联邦法所调整的关系

1. 本联邦法特别规定员工股份公司（人民企业）（下称"人民企业"）的设立和法律地位、其股东的权利和义务以及保障维护股东的权利和利益。

2. 对于人民企业适用《俄罗斯联邦股份公司法》有关封闭式股份公司的规则，本联邦法另有规定的除外。

第 2 条　人民企业的设立程序

1. 人民企业可以按照本联邦法规定的程序通过任何商业组织的改建而成立，国有单一制企业、自治地方企业和员工持有的注册资本份额低于 49% 的开放式股份公司除外。

不得以其他方式设立人民企业。

2. 商业组织的参加人按照俄罗斯联邦立法和该组织设立文件规定的程序通过将其改建为人民企业的决议。

3. 投票反对将商业组织改建为人民企业的商业组织参加人有权自作出

上述决议之时起的 1 个月内提出全部或者部分回购自己股份（份额、股票）的请求。

4. 参加人以超过名册人数 3/4 的多数作出本条第 2 款所列决议，商业组织员工按照俄罗斯联邦立法规定的程序确认设立人民企业。

在商业组织员工不确认成立人民企业的情况下，商业组织参加人关于将其改建为人民企业的决议视为未生效。

5. 商业组织员工同意成立人民企业，那些决定成为人民企业股东的员工与应当改建的商业组织的参加人签订人民企业设立合同。

在商业组织参加人与其决定成为人民企业股东的员工未就设立人民企业合同的条件协商一致的情况下，本条第 2 款所列决议视为未生效。

第 3 条 人民企业设立合同和人民企业章程

1. 除《俄罗斯联邦股份公司法》第 9 条第 5 款所标明的信息外，人民企业设立合同还应当包含以下内容：

（1）人民企业设立时以下人员可以占有的人民企业股份数额信息：

包括作为被改建商业组织参加人并决定成为人民企业股东在内的每个员工；

不作为员工的被改建商业组织的每个参加人；

不作为被改建商业组织参加人的每个自然人和（或）法人；

（2）被改建商业组织股份（份额、股票）的货币估价；

（3）为遵守本联邦法和人民企业设立合同条件，人民企业回购其股东人民企业股份的条件、期限和程序；

（4）标明在人民企业设立时每个股东支付人民企业股款的形式或被改建商业组织股份（份额、股票）转为人民企业股份的交换程序。

2. 人民企业设立合同应由决定成为人民企业股东的全体人员签字。

3. 自成立之时起的 1 个月内，人民企业应当与依照本联邦法第 2 条第 3 款提出回购股份请求的股东以及在人民企业成立之日拥有其股份数额不符合本联邦法第 6 条第 1 款要求的股东签订其所属股份的买卖合同。在这种情况下,其所属股份的回购价格不得低于其市场价值。

4. 除《俄罗斯联邦股份公司法》第 11 条第 3 款标明的信息外,人民企业章程还应当包含以下信息:

作为非人民企业员工的自然人和(或)法人在股份总数中可以合计占有人民企业股份的最高份额;

人民企业一个员工在股份总数中可以占有人民企业股份的最高份额。

第 4 条　人民企业的注册资本

1. 人民企业仅有权发行普通股。在投票表决时,不得根据"一股一表决权"原则减少人民企业股份占有人的表决权数。

人民企业股份的每股面值由人民企业股东大会(下称"股东大会")确定,但不得超过联邦法确定的一个最低劳动报酬额的 20% 。

2. 为人民企业员工所有的人民企业的股份数,其面值应超过其注册资本的 75% 。

超过 45% 的注册资本为非员工的自然人和(或)法人所有的人民企业,自人民企业成立之年起的第 10 个财政年度终了前,面值超过注册资本 75% 的人民企业的股份应为员工所有。

注册资本 35% 至 45% 为非员工的自然人和(或)法人所有的人民企业,自人民企业成立之年起的第 5 个财政年度终了前,面值超过注册资本 75% 的人民企业的股份应为员工所有。

如果在本款第 2 段和第 3 段规定的期限内人民企业员工所拥有的股份没有达到上述数额,人民企业应当在 1 年内改建为其他形式的商业组织。上述期限届满,人民企业应当根据法人国家登记机关或者被授权国家机关或地方自治机关的请求按照司法程序进行清算。

3. 被改建商业组织的员工在人民企业成立时可以占有的股份总数的股份份额,应当等于人民企业成立前 12 个月向其支付的劳动报酬在向员工支付劳动报酬总额中所占的份额。人民企业设立合同可以规定在其成立时被改建商业组织员工可以占有人民企业股份总数股份份额的其他确定程序。

4. 被改建商业组织的员工，没有足够数额的被改建商业组织的股份用以转换为依照人民企业设立合同应为其所有的人民企业股份数，必须支付人民企业在成立时应为其所有人民企业股份数的 50% 以上的价值。

5. 非员工被改建商业组织参加人在其成立时合计可以占有的人民企业股份在股份总数中所占的份额应当低于人民企业注册资本的 25%，人民企业设立合同在本条第 2 款期限规定了更高比例的除外。

6. 人民企业在其成立时一个员工可以占有的人民企业股份在股份总数中所占的份额，不得超过本联邦法第 6 条第 1 款所标明的最高份额，但人民企业成立合同在本条第 2 款期间内规定较高比例的除外。

7. 人民企业的最低注册资本不得低于人民企业进行国家登记时联邦法确定的 1000 个最低劳动报酬额。

8. 人民企业只能以其利润回购本联邦法第 3 条第 3 款所列股东的股份。

第 5 条　人民企业员工的股份分配

1. 遵照联邦法律和俄罗斯联邦其他法律文件设定的限制，人民企业每年有权通过发行新股增加自己的注册资本，其金额不少于财务结算年度实际用于积累的纯利润金额。

2. 人民企业的新股以及人民企业回购其股东的股份，在人民企业全体有权员工之间在财务结算年度支付其劳动报酬额按比例分配。

3. 重新参加工作的人民企业员工，如果在财务结算年度内工作超过 3 个月，适用本条第 2 款的规定。

在人民企业章程规定的情况下，可以另行设定人民企业员工工作期间，期间届满，员工即可按照本条第 2 款规定的程序分得人民企业股份，但这一期间不得少于 3 个月，并不得超过 24 个月。

4. 实现本条第 2 款规定的目标,一个财务结算年度人民企业员工劳动报酬额的确定程序,以及人民企业向员工分配股份的程序,由股东大会通过决议。决议的通过采用"一股东一表决权"原则。

5. 本条规定自人民企业设立合同条件履行后生效。

第 6 条　人民企业股份的占有权和处分权的限制

1. 作为人民企业员工的一个股东(下称"员工股东"),其所占有的人民企业股份数的面值不得超过人民企业注册资本的 5%。

人民企业章程可以减少本款第 1 段设定的人民企业一个员工股东可以占有股份的最高份额。

如果由于某种原因,其中包括依照本联邦法第 5 条所进行的股份分配,人民企业一个员工股东所拥有的股份数超过人民企业章程设定的最高份额,人民企业必须回购该员工股东超过部分的股份,而员工股东必须将这些股份出售给人民企业。自超过股份形成之时起的 3 个月内按照票面价值回购人民企业的股份。

2. 只有在本法规定的情形下,员工股东才能出售或者以其他方式转让其所有的人民企业股份给其他自然人和(或)法人。

3. 员工股东有权在下一个财政年度内将其在财务结算年度终了时所有人民企业股份的一部分按照合同价出售给人民企业的股东或本人民企业,在被拒绝的情况下,则出售给非股东员工,本联邦法第 8 条第 3 款所列的人员除外。

允许一个员工股东出售的人民企业股份数由股东大会确定,在这种情况下不得超过当时一个员工股东所有的人民企业股份的 20%。

4. 人民企业必须回购被开除员工股东股份,而被开除员工股东必须自开除之日起的 3 个月内按照回购价向人民企业出售其所有的人民企业股份。

5. 根据人民企业监事会(下称"监事会")的决议或依照人民企业章程的规定,被开除员工股东有权自开除之日起的 3 个月内按照合同价格将其所有的人民企业股份出售给人民企业员工，本联邦法第 8 条第 3 款所列人员除外。

如果基于某种原因上述买卖交易未能完成，本条第 4 款和第 6 款的规定生效。在这种情况下，人民企业必须回购被开除员工股东人民企业股份的期限延长至 6 个月。

6．依照《俄罗斯联邦民法典》第 395 条的规定，人民企业对基于本联邦法第 3 条第 3 款和本条第 1 款、第 4 款和第 5 款产生的金钱债务承担责任。

7．不同意对其所有的人民企业股份回购价的被开除员工股东有权向人民企业监察（监督）委员会（下称"监督委员会"）提出书面申诉。

8．在员工股东的财产不足以满足债权人提出的请求时，人民企业必须根据法院的裁决向其支付该员工股东所有的全部或者部分股份的回购价值。在这种情况下，向债权人支付回购价格的人民企业股份列入人民企业的资产负债表。

9．人民企业的非员工自然人和法人股东有权随时按照合同价格出售其所有的股份，但第一顺序为人民企业的股东，而在被拒绝的情况下则出售给本人民企业或其非股东员工。

10．本条第 4—6 款的效力及于死亡员工股东的继承人。

11．本条第 1 款和第 2 款的规定，在人民企业设立合同条件履行后生效。

12．《俄罗斯联邦股份公司法》第 75 条规则仅适用于人民企业非员工自然人股东和法人股东。

第 7 条　人民企业股份回购价值和股利支付

1．人民企业全部股份的回购价值，根据股东大会所确认的方法按季度确定。在这种情况下，上述价值不得低于人民企业净资产的 30%，并通常应当与其市场价值相一致。

为回购被开除员工股东的人民企业股份，人民企业设立员工股份专项基金,并不得挪作他用。

2. 人民企业支付股利,每年不得超过一次。

在下列情形下,人民企业无权作出支付股利的决议:

依照俄罗斯联邦有关破产法律文件的规定,在支付股利时人民企业符合破产的特征或者支付股利的结果将导致出现上述特征;

其净资产值低于其注册资本和公积金金额,或者支付股利将导致低于这一金额;

未回购自己股东所有的人民企业股份,这些股份在人民企业股份总数中所占份额不符合本联邦法第6条和人民企业章程规定的要求。

第8条 出售列入资产负债表中的人民企业股份

1. 列入资产负债表中的人民企业股份,可以全部或者部分出售给其员工以及非员工自然人和(或)法人。

人民企业所出售股份的数量、出售价格、出售条件和程序,应经股东大会决议确认,决议应当由出席股东大会的3/4以上多数表决通过。

2. 列入资产负债表的人民企业股份的出售,依照本联邦法进行。在这种情况下,人民企业所出售的股份数不得超过依照本联邦法第5条第2款规定用于其员工间分配人民企业股份总数的50%。

3. 列入资产负债表中的人民企业股份,不得出售给人民企业的总经理、副总经理和助手、监事会的监事和监督委员会成员。

人民企业章程可以设定不得向其出售人民企业股份的补充人员名单。

第9条 人民企业的员工和股东人数

1. 人民企业员工的平均人数不得少于51人。在低于上述人数的情况下,人民企业必须在1年内作出调整,使其与本款的规定相符或者改建为其他形式的商业组织。

在上述期限内不执行该项规定,人民企业应当根据国家法人登记机关、或者被授权国家机关、或者地方自治机关的请求,按照司法程序进行清算。

2. 不是人民企业股东的员工(下称"非股东员工")人数,在一个财务结算年度不应超过人民企业员工人数的10%。

如果自人民企业成立之年起的第3个财务结算年度或任何下1财务结算年度内非股东员工的平均人数超过人民企业员工平均人数的10%,人民企业必须在1年内调整非股东员工的平均人数,使其符合本款的规定,或者改建为其他形式的商业组织。

在上述期限内不执行上述规定,人民企业应当根据国家法人登记机关、或者被授权国家机关、或者地方自治机关的请求,按照司法程序进行清算。

3. 在因本联邦法而统计人民企业员工的平均人数时,与其签订劳动合同的完成临时特定工作的员工以及季节工不计算在内。

4. 人民企业的股东人数不得超过5000人。在超过上述人数的情况下,人民企业必须在1年内作出调整,使其与本款规定相符,或者改建为其他形式的商业组织。

在上述期限内不执行上述规定,人民企业应当根据国家法人登记机关、或者被授权国家机关、或者地方自治机关的请求,按照司法程序进行清算。

第 10 条 股东大会

1. 股东大会的专属职权包括以下事项:

(1)选举总经理,提前终止其职权,决定其工资报酬;

(2)选举监督委员会主席,提前终止其职权,决定其工资报酬;

(3)决定监事会组成人数,选举监事和提前终止其职权;

(4)确定非人民企业员工自然人和(或)法人可以合计持有的人民企业股份在股份总数中所占的最大份额;

(5)确定人民企业一个员工可以持有的人民企业股份在股份总数中所占的最大份额;

(6)确认监督委员会规章;

(7)确定监事会监事的报酬和补偿金;

（8）确定监督委员会成员的报酬和补偿金，确认其活动费用的预算；

（9）确认人民企业股份回购价的确定方法；

（10）确认人民企业注册资本的变更，其中包括人民企业注册资本额的变更，或确认人民企业新文本章程；

（11）确认年度会计报告、盈亏决算报告；

（12）通过人民企业改组的决议；

（13）确认人民企业活动的主要方向；

（14）批准监督委员会报告；

（15）通过人民企业清算、指定清算委员会的决议和确认中间和最终清算报告。

依照本款第1—6项、第8、10、12项和第14项规定通过的决议，实行"一股东一表决权"原则。

2. 专属于股东大会职权的事项，不得转由人民企业其他管理机关决定。股东大会对其他事项的权能，可以根据全体股东总数3/4以上多数通过的决议，转由监事会或监督委员会在一定期限内行使，但最长不得超过1年。决议通过实行"一股东一表决权"原则。

3. 股东大会决议通过程序，由股东大会确认。决议通过实行"一股东一表决权"原则。

4. 股东大会所通过的决议以及表决结果，自这些决议通过之日起的15日内通知人民企业的全体员工。

5. 非股东员工可以参加股东大会工作，享有发言权。

6. 2%的股东或单独或者合计持有2%以上人民企业股份的股东，自财政年度决算终了之日起的30日内有权提出不超过2项的股东大会年会议程议案。而在选举监事会和监督委员会的情况下，有权提出不超过这些机关各自组成人数的候选人名单，以及提出人民企业总经理和监督委员会主席的人选。

7. 在提出人民企业总经理和监督委员会主席人选、监事会监事和监督委员会成员候选人时，其中也包括自我推荐，应标明候选人的姓名，而在候选人为股东的情况下，应标明其所有的人民企业的股份数，以及提出上述候选人的股东姓名和其所有的人民企业股份数。

8. 监事会必须审查所收到的提案，并自本条第6款规定的期限届满之日起的15日内作出将其列入股东大会议程或拒绝列入的决议。

股东提出的事项应当列入股东大会议程，提出的候选人应当列入选举人民企业总经理和监督委员会主席、监事会监事和监督委员会委员候选人表决名单，下列情形除外：

股东未遵守本条第6款确定的期限；

股东不是本条第6款规定的表决权数持有人；

依照本条第7款规定提交的资料不完整；

所提出的议案不符合本联邦法和俄罗斯联邦其他规范性法律文件的规定。

9. 监事会拒绝将提出的问题列入股东大会议程或候选人列入人民企业总经理和监督委员会主席、监事会监事和监督委员会委员候选人表决名单，应当自作出决议之日起的3日内将决议寄给提出问题或提出议案的股东，并说明拒绝的理由。

10. 对监事会作出的拒绝将提出的问题列入股东大会议程或候选人列入人民企业总经理和监督委员会主席、监事会监事和监督委员会委员候选人表决名单的决议，可以向监督委员会提出申诉，监督委员会对该事项所作出的决议具有强制性，监事会必须执行。

11. 股东大会的表决票，除《俄罗斯联邦股份公司法》第60条第3款所规定的信息外，还应当标明对每一事项的表决原则——"一股一表决权"或"一股东一表决权"。

在对选举人民企业总经理和监督委员会主席、监事会监事和监督委员会委员进行选举表决的情况下,选票应包含候选人的简历资料。

12. 股东大会计票委员会行使权能的期间,由该次股东大会出席股东大会 3/4 以上多数表决的股东大会决议确定。通过决议实行"一股东一表决权"原则。

第 11 条　临时股东大会

1. 根据监事会提议所作出的决议、监督委员会的请求、以及 10% 以上股东的请求或提出请求日持有人民企业 10% 以上股份的股东的请求,可以召开股东大会临时会议。

监事会决议应当确定召开股东大会临时会议的形式(全体出席或传签表决)。如果监督委员会以及上述股东召开临时股东大会的请求中已标明其召开的形式,监事会无权以自己的决议变更股东大会临时会议召开形式。

2. 根据监督委员会的请求、根据 10% 以上股东的请求或单独或者合计持有人民企业 10% 以上股份的股东的请求,监事会自提出召开股东大会临时会议之日起的 45 日内召开临时股东大会。

监事会无权变更根据监督委员会的要求、根据 10% 以上股东的要求或根据提出要求日单独或者合计持有人民企业 10% 以上股份的股东的要求所召集的临时股东大会议事日程所列事项的提法。

3. 自监督委员会要求、10% 以上股东要求或单独或者合计持有人民企业 10% 以上股份的股东要求提出召集临时股东大会之日起的 10 日内,监事会应当作出召集或者拒绝召集股东大会临时会议的决议。

只有在下列情形下,才能作出拒绝监督委员会、10% 以上股东或单独或者合计持有人民企业 10% 以上股份的股东的要求召集股东大会临时会议的决议:

没有遵守俄罗斯联邦立法召集股东大会提交要求的程序;

请求召集股东大会临时会议的股东所持有的股份不足本条第 1 款规定的表决数;

提议列入股东大会临时会议议程的事项,没有一项属于其职权范围。

第 12 条　人民企业的监事会

1. 监事会对人民企业活动实行统一领导,对全部事项作出决议,专属于股东大会职权的事项以及本联邦法和人民企业章程规定的专属于人民企业总经理职权的事项除外。

2. 专属于监事会职权的事项包括:

(1) 召集股东大会年会和临时会议,《俄罗斯联邦股份公司法》第 55 条第 6 款规定的情形除外;

(2) 确认股东大会议程;

(3) 确定有权参加股东大会股东名单的编制日期和依照《俄罗斯联邦股份公司法》第七章规定属于监事会职权并与股东大会的筹备和召开有关的事项;

(4) 确定人民企业股份分红额度和支付程序;

(5) 使用人民企业公积金和其他基金;

(6) 批准人民企业章程规定的人民企业内部文件;

(7) 设立人民企业分支机构和开办代表处。

3. 专属于监事会职权的事项不得转由人民企业总经理决定。

依照本联邦法和公司章程的规定,赋予监事会决定其他事项的权能,可以根据股东大会决议转由人民企业总经理或监督委员会在一定期限内行使,但最长不得超过 1 年。

4. 监事会主席为同时担任监事的人民企业总经理,人民企业章程另有规定的除外。

5. 监事会每 3 年选举一次。

6. 人民企业总经理、副总经理和助手不得超过监事会组成人数的 30%。

7. 人民企业员工人数超过 1000,并且其构成中有超过 2% 的员工为非股东员工,应由非股东员工大会决议推选 1 名非股东员工代表担任监事会监事。

8. 根据监事会主席的提议、监事会监事的要求、监督委员会的要求、5%
以上的股东或单独或者合计持有人民企业 5% 以上股份的股东要求,由监事
会主席召集监事会会议。

9. 每次监事会的决议均应通知人民企业的员工。

第 13 条   人民企业的总经理

1. 人民企业的日常活动,由作为人民企业独任执行机关的人民企业总
经理领导。

领导人民企业日常活动的所有事项均为人民企业总经理的职权,本联
邦法和人民企业章程规定属于股东大会或监事会职权的事项除外。

2. 人民企业总经理由股东大会决议选举产生,任期由人民企业章程确
定,但最长不得超过 5 年,连选可以连任,次数不受限制。

3. 一个财务结算年度支付给人民企业总经理的劳动报酬额不得超过同
期支付给人民企业一个员工平均劳动报酬额的 10 倍。

第 14 条   人民企业监察(监督)委员会

1. 监督委员会对人民企业财务管理活动、维护股东权利以及执行人民
企业内部劳动规章制度进行监督。

2. 监督委员会委员不得兼任监事会监事。

3. 监督委员会委员有权参加监事会会议,享有建议权,有权出席人民企
业总经理召开的会议。

4. 监事会的监事不得参加监督委员会委员的选举。

5. 监督委员会的权能、其人数构成、委员选举程序、权能行使期限、会议
工作和决议通过程序,由监督委员会规章规定。

监督委员会决议具有强制性,人民企业管理机关必须执行。

对监督委员会的决议,股东大会可以重新审议,或者向法院提起诉讼。

6. 监督委员会主席和监督委员会委员从股东员工中选举产生,其任期

由人民企业章程确定，但最长不得超过 5 年。

第 15 条　对人民企业财务管理活动实施监督

1．根据一个财政年度的工作成果以及根据监督委员会经其提议作出的决议、股东大会决议、监事会决议、10% 以上股东的请求或单独或者合计持有人民企业 10% 以上股份股东的请求，可以对人民企业的财务管理活动随时进行检查（监察）。

2．对人民企业的财务管理活动通常由独立审计人根据合同进行检查（监察）。审计人员的构成必须经监督委员会同意。

3．独立审计人对人民企业财务管理活动检查（监察）的服务费用，在监督委员会活动预算的范围内支付。

4．监督委员会有权了解涉及人民企业活动所有方面的文件，并有权获利必要的口头和书面解释。

5．监事会通过的交易标的达到作出实施该交易决议时人民企业资产价值 15%—30% 的重大交易决议，应经全体监事一致同意（在这种情况下，离任的监事会监事不予计算），并且必须取得监督委员会的同意。

如果监事会对实施重大交易事项未达成一致意见，或者决议未获监督委员会同意，则上述问题只能交由股东大会决定。

实施交易对象的财产超过实施该交易决议作出时人民企业资产价值 30% 的重大交易决议，由出席股东大会 3/4 以上股东的多数通过。

6．人民企业的总经理、监事会监事和监督委员会委员、单独或者合计持有人民企业 20% 以上股份的股东以及在下列情形下以上人员、他们的配偶、父母、子女、兄弟姐妹被认定为关联人：

作为交易合同的一方或者作为代理人或中介参与交易；

持有交易一方或者作为代理人或中介参与交易的法人 20% 以上表决权股（份额、股票）；

在作为交易一方或者作为代理人或中介参与交易的法人管理机关中

任职。

上述人员必须将以下有关信息告知监事会和监督委员会：

单独或者与其实际控制人合计持有 20% 以上表决权股（份额、股票）的法人；

在其管理机关中任职的法人；

他们所知的正在实施或者将要实施的他们可能被认定为关联人的交易。

如果上述人员未及时提供上述信息，监督委员会必须提出不执行该要求的问题，并交股东大会审议。

第 16 条　本联邦法的生效

1. 本联邦法自 1998 年 10 月 1 日起生效。

2. 提请俄罗斯联邦总统并责成俄罗斯联邦政府调整自己的法律文件，使其与本联邦法的规定相符。

3. 按照本联邦法规定的程序成立的人民企业免交注册费。

（2002 年 3 月 21 日联邦法第 31 号删除）

俄罗斯联邦总统：Б. 叶利钦
莫斯科　克里姆林宫
联邦法第 115 号

俄罗斯联邦最高法院、俄罗斯联邦最高仲裁法院关于适用《俄罗斯联邦有限责任公司法》若干问题的决议

（俄罗斯联邦最高法院全体会议第 90 号
俄罗斯联邦最高仲裁法院全体会议第 14 号）
1999 年 12 月 9 日

为了保障法院和仲裁法院（下称"法院"）正确适用 1998 年 2 月 8 日《俄罗斯联邦有限责任公司法》，并考虑到法院所出现的需要解决的问题，俄罗斯联邦最高法院全体会议和俄罗斯联邦最高仲裁法院全体会议作出决议，对法院作出如下解释。

1. 在审理与适用《俄罗斯联邦有限责任公司法》（下称《公司法》）有关的争议时，法院所应遵循的依据是，其效力及于所有的有限责任公司，其中也包括依照 1994 年 10 月 21 日《〈俄罗斯联邦民法典〉第一部分施行法》第 6 条规定取得这种组织形式的公司。该条规定，此前成立的有限责任公司适用有关有限责任公司立法规范，并责成这些公司按照《公司法》规定的程序和期限修订自己的设立文件，以使其与法典第四章有关有限责任公司的规范相一致。

依照《俄罗斯联邦民法典》第 95 条第 3 款，法典关于有限责任公司的规

则以及相应的法律规定,也适用于补充责任公司,因为没有对这些公司另行制定其他规则。

2. 依照《公司法》第 1 条第 2 款,银行、保险和投资活动领域以及农产品生产领域有限责任公司的法律地位、设立程序、改组和清算,由联邦法另行特别规定。

《俄罗斯联邦民法典》(联邦法 1999 年 7 月 8 日文本)第 87 条规定,以有限责任公司形式成立的信贷组织的法律地位,其参加人的权利和义务,由调整信贷组织活动的法律另行特别规定。

法院必须注意,所引《公司法》和法典规范中所列可以由其他联邦法作出特别规定对上述公司予以法律调整的问题范围,是穷尽列举的。其他问题,其中也包括与保护公司(以有限责任公司形式成立的信贷组织除外)参加人权利的保障和方法有关的问题,适用法律的一般规定。

农业生产领域有限责任公司的法律地位、设立程序、改组和清算的特别规定,仅限于以集体农庄、国营农场和其他直接从事农业生产的企业为基础成立的公司,或者在该领域开展活动的新组建的公司,并不适用于工业领域和进行农产品加工、完成工作和为农产品生产者提供服务的公司。

3. 在解决涉及公司住所地(特别是确定金钱义务履行地时)问题的争议时,法律必须遵照《俄罗斯联邦民法典》第 54 条和《公司法》第 4 条第 2 款的规定,法人以其国家注册地为住所。与此同时应考虑到,依照法典该条的规定,《公司法》可以排除这一规则的适用,规定公司设立文件可以确定以公司管理机关常驻地或其经营活动场所为住所。

4. 法院在审理案件时必须注意,《公司法》限制公司参加人的人数不得超过 50 人。如果人数超过限制,则公司必须在 1 年内将其改建为开放式股份公司或生产合作社(《公司法》第 7 条第 3 款)。在上述期限内既不执行这一要求,也不减少参加人人数时,公司应按照《俄罗斯联邦民法典》第 61 条第 2 款和第 88 条规定的程序进行清算。

根据《公司法》第 59 条第 3 款的规定，《公司法》施行之际参加人超过 50 人，应于 1999 年 7 月 1 日前改建为开放式股份公司或生产合作社，或在上述期限内将公司参加人人数减至规定的限度之内。

与此同时，该条规范包含着例外：允许不遵守《俄罗斯联邦股份公司法》第 7 条第 3 款第 2 段和第 3 段规定的要求（限制封闭式股份公司参加人的人数）而将这种有限责任公司改建为封闭式股份公司。根据《公司法》规定，1998 年 3 月 1 日前成立的参加人人数超过 50 人的公司，仅在 1999 年 7 月 1 日前享有这一权利。

5. 法院在审理案件时必须注意，根据《公司法》第 11 条的规定，公司的设立文件为设立合同和公司章程。设立合同是调整公司设立和发起人相互之间以及在公司存续期间与公司关系的文件，应符合《俄罗斯联邦民法典》有关合同和法律行为（包括认定法律行为无效的根据的规范）的一般规定，并体现《公司法》对该合同作为设立文件的特殊规定。

公司章程内容的要求，由《公司法》第 12 条第 2 款确定。如果在审理案件时确定，公司章程中包含与法律和其他联邦法规定相抵触的条款，则这些条款在法院解决所出现的争议时不得予以适用。

在设立合同条款和公司章程条款规定不一致的情况下，无论是对于公司参加人还是对于第三人，优先适用公司章程条款（《公司法》第 12 条第 5 款）。

6. 根据《公司法》第 14 条第 1 款的规定，公司注册资本额应不少于公司提交国家注册文件时联邦法确定的最低劳动报酬额的 100 个。在适用上述规范时，法院应考虑到，如果在受理公司国家注册文件时（在公司设立中）注册资本额符合当时现行法律文件确定的限额水平，则在注册时对公司章程所作的变更（注册新修订的公司章程），其中包括为使其符合《公司法》规定（第 59 条第 3 款）所作的调整，进行注册的国家机关无权以公司章程不符合变更注册日现行最低限额为由拒绝为其注册。对以此为根据拒绝变更注册,可以按照司法程序起诉(提出异议)。

7. 在审理与形成公司注册资本有关的案件时应当注意,作为公司注册资本的出资可以是货币、有价证券、其他实物、财产权利或可以用货币估价的其他权利。因此,必须考虑如下因素:

(1) 非货币出资的货币估价,其中包括财产权利和其他权利,应当由公司全体股东(发起人)参加的股东会会议决议一致通过确认;

(2) 在非货币出资的账面价值超过提交国家注册文件时联邦法确定的最低劳动报酬额200个时,由独立评估人进行评估,并应符合1998年7月29日《俄罗斯联邦评估活动法》的规定。

该规则既适用于公司设立时,也适用于其注册资本增加的情形。

在高估非货币出资价值的情况下,自公司国家注册或其章程作出相应变更之时起的3年内,如果公司财产不足以清偿公司债务,则公司股东与独立评估人对公司债务承担连带补充责任。这一责任的范围以相应非货币出资高估的价值额为限。

8. 在审理与作为注册资本出资向公司移转一定期限财产使用权有关的案件时必须注意,在提前终止该权利的情况下,移转财产的股东应当根据公司的要求对公司予以金钱补偿,补偿额应等于在类似条件下该财产剩余期限的使用费。设立合同可以参照《公司法》的规定(《公司法》第15条第3款),对公司股东在提前终止财产使用权的情况下向公司支付补偿的程序和期限另行作出规定。与此同时,如果作为注册资本出资向公司移转财产使用权的股东退出公司或被开除,则这一财产在规定的期限内留给公司使用,设立合同另有规定的除外(《公司法》第15条第4款)。

9. 在解决与增加公司注册资本有关的争议时应考虑到,依照《公司法》第18条规定以公司财产增加注册资本应当遵守以下要求:

(1) 以上述方式增加注册资本,应由股东会根据作出该决议的上一年度的财务会计报告数据作出决议;

（2）注册资本的增加金额不得超过公司净资产与公司注册资本和公积金之间的差额；

（3）增加注册资本，在金额和股东份额关系不变的情况下，公司全体股东份额的面值按比例提高。

10. 以股东追加出资以及第三人出资增加公司注册资本，审理由此产生的争议应注意以下方面：

（1）在以公司全体股东追加出资增加注册资本的情况下（《公司法》第19条第1款），公司股东会决议应确定追加出资的总额，并确定每一股东出资额与其份额增加面值额之间对全体股东同等对待的比例关系。不得限制股东追加出资总额部分不超过其在公司注册资本中按照份额比例追加出资的权利；

根据公司股东会决议，可以由公司个别股东出资增加公司注册资本；

（2）只有在公司章程未作禁止性规定的情况下，才允许以第三人出资增加公司注册资本（《公司法》第19条第2款）；

（3）公司股东追加出资以及第三人对公司注册资本出资，按照《公司法》第19条规定的程序和期限办理。在这种情况下，公司的设立文件应作相应的变更。

个别股东（第三人）不遵守出资期限、在全体股东出资时不遵守确认追加出资结果的股东会召集期限以及公司设立文件变更必须进行登记而不遵守向登记机关提交文件的期限，将导致认定增加注册资本无效。在这种情况下，公司应在合理的期限内返还股东和第三人已经交付的实际出资。

11. 依照《公司法》的规定，公司有权通过减少全体股东份额和（或）注销属于公司的份额的方式减少公司注册资本（《公司法》第20条第1款）。

与此同时，如果减少公司注册资本将导致低于《公司法》第14条所确定的对相应注册资本变更进行国家登记文件提交日（而非公司进行国家注册日）的注册资本最低限额，则《公司法》禁止减少注册资本。

公司应减少注册资本的情形包括：

（1）自公司进行国家注册之时起1年内未足额缴纳注册资本，注册资本减少至实际交付的金额（如果未因未足额缴纳注册资本而作出公司清算的决议）；

（2）如果第二个或每下一个财政年度公司的净资产额低于其注册资本额。在这种情况下，注册资本额减少至净资产额以下；

如果依照《公司法》被强制减少注册资本的公司的净资产额低于《公司法》第14条规定的该公司国家注册（成立）日的最低限额，则公司应当进行清算。

12. 在解决与股东向他人移转注册资本份额（包括部分份额）有关的争议时应注意以下方面：

（1）依照《公司法》第21条的规定，公司股东有权将自己的份额出售或以其他方式出让（交换、赠与）给该公司的一个或几个股东。实施这一法律行为无需经过公司或者公司其他股东的同意，公司章程另有规定的除外。

（2）如果公司章程未作禁止性规定，公司股东可以向第三人出售或以其他方式出让自己的份额，公司的其他股东在同等条件下对该股东的份额享有优先购买权。

公司股东按照自己的份额比例享有优先购买权，公司章程或者股东协议另有规定的除外。

在股东向第三人无偿移转其所属份额的情况下，不适用优先购买权。公司章程可以规定，除出售外，以其他方式向第三人出让股东份额必须取得公司或公司其他股东的同意。

（3）如果公司章程作出规定，并在公司其他股东不行使其优先购买权的条件下，公司自身可以享有股东所出售份额的优先购买权。

欲向第三人出售自己份额的公司股东必须将此事项书面通知公司其他股东和公司，并标明出售价格和其他条件。公司章程可以规定通过公司向其他股东发出通知。

（4）如果公司股东或公司自通知此事项之日起的 1 个月内对欲出售的全部份额不行使优先购买权,则可以按照通知公司及其股东的价格和条件向第三人出售份额。公司章程或其股东协议可以另行设定行使其份额优先购买权的期限。

（5）股东出售份额侵犯优先购买权并不导致该法律行为的无效。在这种情况下,公司任何一个股东,而在相应条件下公司本身,在公司股东或公司知道或者应当知道该侵犯优先购买权时,有权按照司法程序要求向其移转份额买卖合同买受人的权利和义务。

份额的优先购买权不得出让。

（6）如果公司章程没有规定公证形式,公司注册资本份额的买卖交易合同(以其他方式出让)以简单书面形式为之。不遵守法定或者公司章程规定的份额出让交易形式将导致交易行为无效(《俄罗斯联邦民法典》第 162 条第 2 款、第 165 条第 1 款)。

（7）公司应当书面通知份额出让完成的情况。公司注册资本份额买受人自接到上述出让通知之时起行使公司股东的权利,并履行相应义务。

份额出让前产生的公司股东的权利和义务全部移转给新的公司注册资本份额买受人;赋予份额持有人或依照《公司法》第 8 条第 2 款和第 9 条第 2 款规定由其担负的附加的权利和义务除外。

13. 依照《公司法》第 23 条,在下列情形下公司必须收购公司股东在注册资本中的份额(向股东支付其份额的实际价值):

（1）根据公司章程规定,只有经其他股东同意才能向其他股东或第三人出让股东份额而未获其他股东同意的。

（2）公司章程禁止向第三人转让份额而公司股东又拒绝购买股东所欲转让的份额的。

（3）股东未按公司设立规定期限足额缴纳自己的注册资本出资。在这种情况下,根据该股东实际交付出资的部分按比例向其支付部分份额的实际价值。

公司章程可以规定,在这种情况下,未交付部分出资的部分份额按比例移转给公司所有。在这种情况下,该股东成为已交付出资部分份额的持有人。

(4) 股东退出公司的(《公司法》第 26 条)。

(5) 根据《公司法》第 10 条规定的理由和程序将股东开除出公司的。

(6) 在《公司法》第 21 条第 7 款规定的情形下,公司股东拒绝同意股东份额移转给其继承人或作为公司股东的被改组(清算)法人的权利承受人的。

此外,公司有权根据法院的裁决向股东的债权人支付其份额的实际价值(《公司法》第 25 条)。

依照《公司法》第 23 条第 1 款的规定,在其他情形下公司无权收购注册资本中的份额,在这种情况下实施的买卖交易行为自始无效(《俄罗斯联邦民法典》第 168 条)。

公司以公司净资产值与注册资本之间的差额向股东支付其份额的实际价值。如果差额不足,公司必须相应减少不足额部分的注册资本。

未支付份额的价值,在《公司法》规定的情形下和法定期限内,股东有权按照司法程序提出追索。

为公司所有(所收购)的份额,在公司股东会确定表决结果和利润分配(自份额权移转给公司时起)以及公司进行清算分配公司财产时不予计算。

公司所有的份额,应自份额权移转给公司后的 1 年内根据股东会决议在全体股东间分配,或出售给全体股东或部分股东以及第三人,并在此期限内完成交付,公司章程规定禁止的情形除外。如果公司不履行这些规定,则必须将份额注销,并相应减少其注册资本(《公司法》第 24 条第 2 款)。

14. 依照《公司法》第 27 条,公司股东可以投资公司财产。在适用该条

规定时,法院必须考虑以下方面:

(1)向公司财产的投资不是向公司注册资本出资,并不改变股东在公司注册资本中的金额和份额面值;

(2)只有在公司章程作出规定和股东会通过相应投资决议的情形下,才会产生向公司财产投资的义务;

(3)公司全体股东均按其在公司注册资本中的份额比例向公司财产投资,公司章程另有规定的除外;

(4)对与向公司财产投资有关的限制,应在公司章程中明确规定,这些限制不适用于那些因份额转让取得份额的其他人;

(5)向公司财产的投资应为货币,公司章程或公司股东会决议另有规定的除外;

(6)股东退出公司并不解除在其递交退出申请前产生的向公司财产投资的义务。考虑到向公司财产投资会影响公司净资产额,并以此为根据确定公司每个股东份额的实际价值,其中也包括退出公司的股东,根据《公司法》第10条规定将股东从公司开除亦不解除该股东在其被开除前产生的向公司财产履行投资的义务。

15. 在审理因股东间利润分配向股东支付部分利润(要求公司支付)的诉讼时,必须考虑利润分配与支付的条件和程序以及《公司法》第28条和第29条及公司章程规定的对利润分配和支付的限制。

在这种情况下必须注意以下方面:

(1)如果法院确定,公司股东会通过的在股东间分配部分利润的决议符合《公司法》第28条第2款的规定,但是公司不予支付或支付的数额少于决议的规定,则法院有权追索相应的数额支付给原告;

(2)如果公司股东会未作出分配部分利润的决议,则法院无权支持原告提出的请求,因为利润分配问题的决议专属于公司股东会的职权(《公司法》第28条第1款);

（3）在股东会通过利润分配的决议存在限制通过该决议的可能性时（《公司法》第 29 条第 1 款），或者在其通过之后发生了排除支付部分利润可能性的情形时（《公司法》第 29 条第 2 款），法院亦无权支持原告的请求。

在分配利润决议作出后发生的妨碍其支付的因素消除后，公司股东有权要求公司支付相应的款项，并可诉诸司法程序。

16. 在解决与股东退出公司有关的争议时，法院必须基于以下理由：

（1）根据《公司法》第 26 条的规定，公司股东有权随时退出公司而无需其他股东或者公司的同意。

（2）股东退出公司的根据是其申请，自申请提交之时起其份额移转给公司。股东退出公司应提交书面申请（《公司法》第 26 条第 2 款）。

股东将申请交给公司董事会（监事会）或执行机关以及负有转交申请给相应人员的公司员工之日视为申请提交之时；通过邮局邮寄的申请，以投邮日或负责收发的公司员工收到之日为提交之时。

依据《公司法》第 26 条第 2 款，公司股东提交申请产生该条规范规定的法律后果，单方面不得变更。与此同时，在公司不满足股东撤回退出公司申请的情况下，他有权适用《俄罗斯联邦民法典》规定的无效法律行为的规则（如以受到胁迫、威胁或股东处于不能理解自己行为或无法控制自己行为的状态下而提交的申请为理由）按照司法程序对该申请提起诉讼。

（3）公司必须向提交退出公司申请的股东支付其份额的实际价值，其金额根据提交申请当年的公司财务会计报表的数据确定。依据《公司法》第 26 条第 2 款，股东份额的实际价值应当与其份额比例在公司净资产中所占的价值部分相当。

根据《公司法》第 26 条第 3 款的规定，份额的实际价值应当自提交退出申请的财政年度终了之时起的 6 个月内支付，公司章程规定了较短期限的除外。因此，法院在审理因拖延支付退出公司股东实际价值所产生的争议时，无权适用公司章程确定的超过 6 个月期限支付股东份额价值的规定。

如果股东不同意公司确定的份额的实际价值数额,根据双方按照民事诉讼和仲裁程序立法规定所提供的证据,其中也包括案件鉴定结论,法院核查其理由的根据以及公司所作的答辩。

(4) 如果股东未足额缴纳注册资本出资,则在其退出公司时按其实际缴纳出资的比例向其支付部分份额的实际价值。

(5) 以货币形式向退出公司的股东支付份额价值,或者经股东同意,也可以向其交付相当价值的实物财产。考虑到股东以财产作为自己注册资本出资的情况,在退出公司时,他无权要求返还原出资财产。

17. 在审查公司股东关于从公司开除严重违反自己义务或以自己的行为(不作为)致使公司活动瘫痪或发生严重困难的股东的请求时,必须注意以下方面:

(1) 考虑到《公司法》第10条的规定,赋予向法院提出该诉讼请求权利的决定性因素乃在于公司注册资本份额,向法院提出将股东开除出公司请求的权利不仅合计持有10%以上注册资本份额的几个股东享有,而且只要份额占注册资本的10%以上,其中的一个股东也可以享有该项权利;

(2) 股东行为(不作为)致使公司活动瘫痪或者公司活动发生严重困难应当特别理解为没有正当理由经常回避参加股东会议,导致公司对需要股东一致同意通过的问题不能作出决议;

(3) 在决定公司股东实施的违约行为是否严重时,必须特别注意其过错程度和给公司造成(可能造成)的不利后果。

18. 在审理公司和其股东之间,而在相应情形下公司和第三人与不按时履行金钱债务[向股东、其继承人或权利承受人支付股东份额实际价值(《公司法》第23条、第26条),在注册资本额增加实际不能时向股东和第三人返还其他货币出资(《公司法》第19条),支付在股东间分配的公司部分利润(《公司法》第28条),申请退出公司的股东按照公司章程和股东会决议的规定向公司财产出资(《公司法》第26条第4款、第27条)等]有关的争议时,法院有权按照《俄罗斯联邦民法典》第 395 条规定的程序在满足追索全额债务请求的同时,对非法使用他人金钱追索利息的请求也予以支持。

19. 在审理案件时(其中包括按照 1997 年 7 月 21 日联邦《执行程序法》规定的程序对执行法警提起的诉讼),法院必须注意,依照《公司法》第 25 条第 1 款的规定,只有股东的其他财产不足(无其他财产)以清偿债务时,债权人才能根据法院的裁决追索其在公司注册资本中的份额用于清偿债务。

如果根据法院裁决的规定要求公司股东以货币清偿债权人,而在裁决的执行过程中确定他没有符合联邦《执行程序法》第 50 条和第 59 条规定的可以被追索的货币和其他财产,债权人有权根据该法第 18 条、《苏俄民事诉讼法典》第 207 条和《俄罗斯联邦仲裁程序法典》第 205 条的规定向法院提出变更裁决执行方法和追索公司股东在公司注册资本中份额的申请。在这种情况下,法院必须审查申请人所提交的债务人没有其他财产的证据(执行法警制作的文件),并在确证事实存在的情况下作出变更裁决执行方法和追索股东注册资本份额的裁定。

根据《公司法》第 25 条的规定,赋予公司向公司股东的债权人支付所追索的份额实际价值的权利。

根据全体一致通过的股东会决议,份额的实际价值可以由公司的其他股东按照其在注册资本中的份额比例支付给债权人,公司章程或股东会决议规定了其他程序的除外。

依照《公司法》第 25 条第 3 款,如果自债权人提出请求之日起的 3 个月内公司未向其支付份额的实际价值,而其他股东在此期限内亦未行使购买这一份额的权利(向债权人支付其实际价值),则可以公开拍卖被追索的公司股东份额。上述 3 个月的期限必须自向公司提交关于追索股东公司注册资本份额的执行文件时起计算。在 3 个月期限届满前进行公司拍卖份额的情况下,表示愿意购买相应份额以支付债权人实际份额价值的公司(公司股东)有权根据《俄罗斯联邦民法典》第 6 条和第 250 条第 3 款的规定(法律类推）要求按照司法程序向其移转拍卖会上所签订的买卖合同买受人的权利和义务。

20. 在解决涉及公司所签订的关联交易合同以及重大交易合同的争议时（《公司法》第45条）必须注意，签订上述合同需按照法律规定经股东会同意，如果公司设有董事会（监事会），则需在《公司法》规定的限额内依照董事会在设立文件赋予其职权的范围内作出相应的决议。

如果需要支付的交易金额或作为交易对象的财产价值超过根据前一结算期间财务会计报表数据确定的财产价值2%的关联交易，或者所购买或转让的财产（或交易结果将可能发生财产转让，如将财产交付抵押）价值超过公司财产价值50%的重大交易合同，为公司股东会通过决议作出决定的专属职权。

公司章程可以规定高于《公司法》第46条第1款标明的被认定为重大交易（超过根据作出实施交易日前一个结算期间的财务会计报表数据确定的财产价值的25%）的交易金额，或者规定，实施重大交易无需公司股东会和董事会（监事会）的决议（《公司法》第46条第1款、第6款）。

总经理（经理）或其授权的人，违反《公司法》第45条和第46条的规定以公司名义签订关联交易合同或者重大交易合同为可撤销合同，法院可以根据公司或其股东的起诉认定合同无效。如果在审理该起诉前，股东会以及在相应情形下公司董事会（监事会）作出批准该交易的决议，则确认交易无效的诉讼请求不予支持。

公司与依照《公司法》第45条第1款规定于实施交易前（初始）即被认定为关联人的他方之间在日常经营活动过程中（销售产品、购买原料、完成工作等）实施的关联交易，签订交易合同无需公司股东会作出决议［在相应情形下由公司董事会（监事会）作出决议］。在下一次公司股东会（定期会议或者临时会议）召开以前，实施相应交易无需通过上述决议。

21. 依照《公司法》第36条的规定，公司任何一个股东均有权在会议召开 15 日前就补充事项提出公司股东会议案,《公司法》对一个股东提出议案事项的数量没有限制。

合计持有公司股东表决权总数 1/10 以上的公司股东,有权提议召开公司临时股东会(《公司法》第 35 条)。

在审理公司股东对拒绝其召开临时股东会或提出会议补充议案请求所提起的诉讼时法院必须考虑到,《公司法》第 35 条和第 36 条所规定的可以拒绝满足公司股东上述请求的理由清单是穷尽列举的。如果拒绝满足该请求所依据的不是《公司法》所规定的理由,则法院应当认定其违法,并责成公司(董事会)执行股东的相应要求(召开临时股东会议、将补充事项列入会议日程)。

22. 依照《公司法》第 43 条,违反立法或者公司章程规定和侵犯公司股东权利和合法利益所通过的公司股东会决议,法院可以根据未参加表决或表决反对通过决议的公司股东的请求认定其无效。

《公司法》第 43 条第 1 款对公司股东会决议提起诉讼的期限确定为 2 个月,自股东知道或者应当知道通过决议之日起计算;未参加会议的股东,自决议通过之日起计算。

在特殊情况下,如果法院认定公司自然人股东超过上述期限存在身体上的(重病等)正当原因,则法院可以恢复这一期限(《俄罗斯联邦民法典》第 205 条)。

在审理认定公司股东会决议实质无效的诉讼请求时,法院有权考虑全部情形而维持所诉决议的效力,如果提交请求股东的表决不能影响表决结果,违反规定不是实质性的,并且决议未给该公司股东造成损失(《公司法》第 43 条第 2 款)。

如果公司股东会决议被提起诉讼的根据是违反《公司法》规定的会议召集程序(未及时向股东发送信息、违反会议议程形成的程序和期限等),则应当考虑到,如果公司全体股东均参加了会议,则应认定会议合法(《公司法》

第 36 条第 5 款）。

23. 在审定公司股东会决议的法律效力（有效）时法院必须注意，《公司法》要求对一系列事项作出股东会决议需经公司全体股东一致通过（《公司法》第 8 条第 2 款、第 9 条第 2 款、第 11 条第 1 款、第 14 条第 3 款、第 15 条第 2 款、第 19 条第 2 款、第 21 条第 4 款、第 25 条第 2 款、第 27 条第 1 款和第 2 款、第 28 条第 2 款、第 32 条第 1 款、第 33 条第 2 款第 3 项和第 11 项）或者占股东表决权总数（而非出席会议的股东人数）的绝对多数通过。

对《公司法》第 5 条第 1 款、第 8 条第 2 款、第 9 条第 2 款、第 18 条第 1 款、第 19 条第 1 款、第 27 条第 1 款和第 2 款、第 37 条第 8 款所列事项作出决议，需经公司全体股东 2/3 以上表决权的多数通过。

对所有其他事项作出决议，需经公司股东表决权总数的多数表决通过，公司法或公司章程对作出决议规定需经更高表决权数通过的除外。

24. 参加法院审理争议的双方，对公司股东会决议的诉讼依据各自的理由提出自己的请求或者答辩，但是，如果法院确定该决议的通过实质违反《公司法》或者其他法律文件（侵犯这一机关的职权、不足法定人数等），法院应当认定该决议不具有法律效力（整个无效或者相应部分无效），并依照《公司法》规范解决争议，而无论有没有公司某个股东对其提出过异议。

25. 在解决与公司改组——合并、兼并、新设分立、派生分立或组织形式变更有关的争议时，必须考虑到其实施程序以及调整公司设立文件以使之与立法规定一致的要求（《公司法》第 51—56 条）。在这种情况下，应当特别注意以下几个方面：

（1）公司合并时，经每一参与改组公司股东会批准的公司合并合同，由因合并所成立公司的全体股东签字，并与其章程共同作为设立文件。该合同应当符合《俄罗斯联邦民法典》有关法律行为和《公司法》有关设立合同的全部要求。

（2）在一个或几个公司被另一公司所兼并的情况下，每一参与公司的股东会作出批准兼并合同(不作为设立文件)的决议,而被兼并公司的股东会需作出确认交接文件的决议。参与改组公司的股东联合会议对实施兼并公司的设立文件就涉及公司股东构成变化、股东份额金额等有关的事项予以更改。

(3) 在公司新设分立的情况下,公司股东会在作出实行改组决议的同时,也需要通过批准分割财产的决议。因分立而组建的每一公司股东,均应在设立合同上签字,并确认公司章程。

(4) 在公司派生分立的情况下,被改组公司的股东会通过改组决议,确定成立新公司的条件,确认财产分割清单,并因公司股东构成、注册资本份额等发生变化而对设立文件作出变更。

新设公司的股东应在设立合同上签字,并确认因分立所成立公司的章程。

(5) 在公司变更为股份公司、生产合作社或补充责任公司的情况下,公司应当遵照《俄罗斯联邦民法典》相应规范、《俄罗斯联邦股份公司法》、《员工股份公司(人民企业)特别法律地位法》、《生产合作社法》规范办理。

只有在提交(与新的或变更后的公司设立文件一起)已按照《公司法》规定的程序(《公司法》第51条第5款)通知债权人实行改组的证据的情况下,才能对因改组而成立的公司进行国家注册,并对被改组公司终止活动进行注销登记。

26.《公司法》施行(1998年3月1日)前所成立公司(有限责任公司)的设立文件(章程、设立合同)应当在1999年7月1日前作出调整,使其与《公司法》的规定相符。

在调整上述文件使其与《公司法》规定相符之前,其不与《公司法》抵触的部分仍然有效。如果《公司法》规定,对特定关系公司章程中规定了与《公司法》不同的调整方式,则1998年3月1日前成立公司的章程的这些规定,在章程新文本进行登记前仍然有效(对章程作出变更)。

　　在 1999 年 7 月 1 日前公司(有限责任公司)不调整设立文件使其与《公司法》规定相符的情况下,根据法人国家登记机关或者联邦法赋予这一请求权的其他国家机关和地方自治机关按照司法程序提出的请求,可以对公司进行清算。在对公司进行清算、将其从法人国家登记簿中删除前,公司遵照《公司法》规范和不与《公司法》抵触的章程规定进行活动。

　　27. 在解决与受理适用《公司法》有关的案件请求问题时,必须依据发生法律关系的主体构成。只要案件的一方为公司法人(自然人群体)股东,则案件归普通法院管辖。在其他情况下,请求的解决,其中也包括根据《公司法》第 7 条第 3 款和第 20 条第 5 款规定对公司进行清算的诉讼请求,属于仲裁法院的职权。

　　　　俄罗斯联邦最高法院院长:B. M. 列别杰夫
　　　　俄罗斯联邦最高仲裁法院院长:B. Φ. 雅科夫列夫
　　俄罗斯联邦最高法院法官、全体会议秘书:B. B. 杰米多夫
俄罗斯联邦最高仲裁法院法官、全体会议秘书:A. C. 科兹洛娃

俄罗斯联邦最高仲裁法院关于适用《俄罗斯联邦股份公司法》若干问题的决议

（俄罗斯联邦最高仲裁法院全体会议第 19 号）

2003 年 11 月 18 日

为保障仲裁法院统一适用 1995 年 12 月 26 日第 208 号《俄罗斯联邦股份公司法》（下称《公司法》）及 2001 年 8 月 7 日第 120 号联邦法、2002 年 3 月 21 日第 31 号联邦法、2002 年 10 月 31 日第 134 号联邦法、2003 年 2 月 27 日第 29 号联邦法对其所作的变更和补充，根据联邦宪法法《俄罗斯联邦仲裁法院法》第 13 条规定，俄罗斯联邦最高仲裁法院全体会议作出决议，对仲裁法院作出如下解释。

公司法的效力范围

1. 在审理股份公司参与的案件时，仲裁法院（下称"法院"）必须注意，《公司法》的效力及于在俄罗斯境内所有的已成立或设立中的股份公司，该《公司法》和其他联邦法另有规定的除外（《公司法》第 1 条第 2 款）。

《公司法》第 1 条第 3 款、第 4 款和第 5 款的部分规定不在适用的范围之内。

银行、保险和投资活动领域的股份公司以及在企业改组农产品工业生产联合体基础上成立的公司,其设立、改组、清算和法律地位,由联邦法另行特别规定(《公司法》第1条第3款和第4款)。

还应当考虑的是,1999年7月8日第138号联邦法对《俄罗斯联邦民法典》第96条做了补充,根据补充规定,特别立法所调整的事项与《公司法》第1条第3款所标明的事项均属于以股份公司形式成立的信贷组织参加人权利和义务的特别规定。

在适用相应的法律规范时法院应当注意,《公司法》第1条第3款和第4款涉及股份公司的立法和其他法律文件的专门规范,仅对于《公司法》和《俄罗斯联邦民法典》中所列涉及其设立、改组、清算和法律地位的特别调整规定部分有效(而对于以股份公司形式成立的信贷组织,还涉及股东权利和义务的特别规定)。《公司法》的效力及于这些公司的所有其他方面,其中包括《公司法》中有关股东权利保障和保护方法、股东大会召开、公司其他管理机关组成程序的规范。

2. 依照《公司法》第1条第5款,通过国有和自治地方所有企业私有化设立股份公司,由俄罗斯联邦国有和自治地方所有企业私有化法和其他法律文件另行特别规定。

通过国有和自治地方所有企业私有化成立的股份公司为俄罗斯联邦、俄罗斯联邦主体、自治地方所有的股份公司,或者俄罗斯联邦或俄罗斯联邦主体对上述公司享有专门管理权("金股"),其法律地位由联邦《国家和自治地方财产私有化法》予以特别规定。

在解决本条所列的公司参与的争议时应当注意,在立法上,其设立和法律地位在2002年4月26日前由1997年7月21日第123号联邦法《俄罗斯联邦国家财产私有化和自治地方财产私有化基本原则法》(下称"1997年7月21日私有化法")予以特别规定,而自2002年4月27日起这些公司由自当日开始生效的2001年12月21日第178号联邦法《俄罗斯联邦国家和自治地方财产私有化法》进行调整（下称"2001 年 12 月 21 日私有化法"）。

依照 1997 年 7 月 21 日私有化法第 31 条,根据该法规定应由其他联邦法调整的事项,在这些法律通过和生效之前,俄罗斯联邦总统和俄罗斯联邦政府发布的规范性法律文件不与俄罗斯联邦立法相抵触的部分仍然有效。以此为根据,对于上述公司,在 1997 年 7 月 21 日私有化法的效力期限内,1993 年 12 月 24 日第 2284 号《关于俄罗斯联邦国有和自治地方所有企业私有化国家规划纲要》、1994 年 7 月 22 日第 1535 号《关于 1994 年 7 月 1 日后俄罗斯联邦国有和自治地方所有企业私有化国家规划纲要》、1996 年 8 月 18 日第 1210 号《关于保护股东权利和保障国家作为所有权人和股东利益的措施》等俄罗斯联邦总统令的相应部分继续有效。

在 2001 年 12 月 21 日私有化法中,股份为国家或自治地方所有的开放式股份公司的设立和法律地位,由该法第 37 条和第 39 条予以特别规定。通过决议行使专门权利（"金股"）的股份公司的特别法律地位,由该法第 38 条规范调整。

依照 2001 年 12 月 21 日私有化法第 37 条第 2 款,开放式股份公司章程的规定应符合《公司法》的要求和该法的特殊规定。

在适用 2001 年 12 月 21 日私有化法时还应注意,根据该法第 43 条第 5 款规定,俄罗斯联邦总统和俄罗斯联邦政府发布的规范性法律文件,其所调整的关系依照该法规定应由其他联邦法或者俄罗斯联邦政府其他规范性法律文件予以调整,不与 2001 年 12 月 21 日私有化法相抵触的部分在相应联邦法或者俄罗斯联邦政府规范性法律文件通过前继续有效。

3. 在适用国家和自治地方财产私有化法时法院必须注意到,俄罗斯联邦、俄罗斯联邦主体或自治地方参与管理公司（"金股"）专门权利的效力,自相应的俄罗斯联邦政府、俄罗斯联邦主体权力机关或者地方自治机关作出终止该权利决议时终止。

此外,2001 年 12 月 21 日私有化法施行后,依照该法第 38 条第 1 款,只有俄罗斯联邦、俄罗斯联邦主体被授权机关才能作出行使专门权利（"金股"）的决议。

4. 在确定《公司法》的效力及其适用范围时法院必须注意,除《公司法》第 1 条第 3—5 款所列公司外,现行立法还对其他类型股份公司的法律调整作出特别规定(可以规定),其中包括:

(1) 1998 年 7 月 19 日第 115 号联邦《员工股份公司(人民企业)特别法律地位法》对这种公司的设立程序和活动规定专门调整,其中包括确定其股东的权利和义务、这些公司活动管理和监督机关的组成、确定股东大会决议通过的程序等。该法为专门法,对调整其中所规定的事项具有优先效力。专门立法规范对这种公司未加调整的部分,适用一般法的规定。

(2) 依照《公司法》第 9 条第 6 款,外国投资者参与设立的公司,由联邦法另行规定。这条规定自 2002 年 1 月 1 日起生效:自此时起,正在设立的有外国投资者参与的公司,适用《公司法》的规定,由专门规范确定公司设立程序的特别规定除外。

2002 年 1 月 1 日前依照《俄罗斯联邦外国投资法》(1995 年《外国投资法》第 9 条第 6 款)成立的股份公司;

(3) 2001 年 11 月 29 日第 156 号联邦法《俄罗斯联邦投资基金法》对股份投资基金的设立、清算和法律地位所作的特别规定。股份投资基金适用一般法条款应考虑上述特别规定。

股份公司的设立

5. 股份公司的发起人(参加人)可以是公民和法人(《俄罗斯联邦民法典》第 66 条第 4 款、《公司法》第 10 条第 1 款)。

在审理与股份公司设立有关的争议时,法院必须考虑立法对法人个别集团参与这些公司的限制或禁止性规定。

依照《俄罗斯联邦民法典》第 66 条第 4 款,国家机关和自治地方机关无权以自己的名义作为有限责任公司和股份公司的发起人(参加人),法律另有规定的情形除外。

所有权人投资设立的机构经所有权人允许,可以成为有限责任公司和股份公司的发起人(参加人),其中包括使用为此目的而允许机构从事经营活动所取得的收益(《俄罗斯联邦民法典》第 66 条第 4 款和第 298 条第 2 款)。

只有经财产所有权人同意,国家和自治地方单一制企业才能作为股份公司[信贷组织除外,它们不能成为信贷组织的发起人(参加人)]的发起人(参加人)并为此目的而使用其享有经营管理权或业务管理权的财产(2002年 11 月 14 日第 161 号联邦法《俄罗斯联邦国家和自治地方单一制企业法》第 6 条和第 20 条)。

依照 2001 年 12 月 21 日私有化法第 5 条,国家和自治地方单一制企业不得作为国家和自治地方单一制企业私有化财产的买受人,其中包括以这些企业为基础所成立公司股份的买受人。

依照《俄罗斯联邦民法典》第 124 条和第 125 条,俄罗斯联邦、俄罗斯联邦主体和自治地方组织在《公司法》有特别规定(《公司法》第 7 条第 4 款)的情况下可以成为股份公司的发起人(参加人)。

6. 股份公司发起人所签订的公司设立合同为设立公司共同活动合同,不属于设立文件(《公司法》第 9 条第 5 款)。因此,在审理认定股份公司设立合同无效的争议时,法院应当遵照《俄罗斯联邦民法典》有关法律行为无效的相应规范。

与公司注册资本形成及其股份发售有关的争议

7. 因《公司法》第 34 条的修改,法院在审理与注册资本形成及其股份发售有关的争议时必须考虑以下方面：

（1）公司发起人自公司进行国家注册之时起的3个月内应当缴纳设立时所发售的50%以上的股款（《公司法》第34条第1款）。在上述股款缴纳前，公司无权实施与设立公司无关的交易行为。

与设立公司有关的交易行为，除缴纳发起人间所发售的股份款项外，还包括购买（承租）公司办公场所、办公设备、签订银行账户合同和与公司商业（生产经营）活动没有直接关系的其他交易行为。公司在上述期限所签订的与设立该公司无关的交易合同，可以被认定为无效合同。

（2）在未足额缴纳股款前，发起人所属股份不享有表决权，公司章程另有规定的除外。如果公司章程在未足额缴纳股款前赋予发起人表决权，在确定股东大会法定人数时，未缴纳股款的股份计算在内；如果未赋予该项权利，则不予计算。

（3）在发起人自公司进行国家注册之时起的1年内（或者公司设立合同规定的少于1年的期限内）未足额缴纳股款的情况下，发售价相当于未缴纳股款的股份权移转给公司。

公司有权在《公司法》规定的限度内对上述股份行使所有人权能。所有权移转给公司的股份没有表决权，在统计票数时不予计算，对其不分配股利。公司必须以《公司法》规定的方式处分这些股份：在购买后的1年内以不低于票面的价格出售，否则公司应当作出减少注册资本的决议，注销相应的股份。公司无权将其享有所有权的股份用于抵押、无偿或者以低于《公司法》规定的价格（低于票面价）转让。公司违反上述限制所签订的交易合同自始无效。

如果公司未在规定期限内出售其所拥有的股份，未在合理期限内通过减少注册资本的决议，公司可以根据法人国家登记机关的请求或者联邦法赋予该项请求权的其他国家机关或地方自治机关的请求按照司法程序进行清算。上述请求可以根据《俄罗斯联邦民法典》第61条第2款和《公司法》

第 34 条第 1 款向法院提出。

8.《公司法》第 26 条规定,开放式股份公司的最低注册资本限额为公司国家注册日联邦法确定的 1000 个以上最低劳动报酬额,封闭式股份公司为 100 个以上最低劳动报酬额。在适用上述条款时法院必须考虑到,如果股份公司在进行国家注册时(公司成立时)公司的注册资本额符合当时生效法律文件确定的限额水平,则在公司章程进行变更登记或者对章程新文本进行登记时,国家登记机关无权以公司注册资本不符合变更登记日实行的最低限额为由拒绝登记(因公司提出减少注册资本而变更公司章程的情形除外)。

对以此为由拒绝变更登记的,可以按照司法程序向法院提起诉讼(异议)。

9. 依照《俄罗斯联邦民法典》第 100 条第 2 款,股份公司在缴纳股款后可以增加注册资本。只有经股东大会决议才能以提高股份面值的方式增加注册资本。以发行新股增加注册资本(在待发行股份的额度内)由股东大会作出决议,而在公司章程规定的情形下,也可以由董事会(监事会)作出决议。在这种情况下,如果为增加注册资本公开发售的普通股新股超过此前发售普通股的 25% 以及非公开发售股份,必须经参加股东大会表决权股持有人所持表决权股的 3/4 以上绝对多数通过决议,公司章程规定更高表决权数的除外。

公司章程条款规定董事会(监事会)通过增加公司注册资本决议的权限,超出 2001 年 8 月 7 日公司法修正案(对公司章程未作调整使其与该法规定相符的情况下)规定的部分,自 2002 年 1 月 1 日起失效,以其为根据通过的董事会(监事会)决议不具有法律效力。

10. 在解决与公司公开发售新股缴纳股款有关的争议时法院必须注意,无论以何种形式支付股款(货币或非货币财产),在购买股份时均应足额缴纳(《公司法》第 34 条第 1 款)。

　　设立公司发售股份以及发售新股,作为股款缴纳的非货币财产,应当由公司发起人或董事会(监事会)评估作价。在这种情况下应当聘请独立评估人,联邦法另有规定的除外。公司发起人或董事会(监事会)对财产的作价不得超过独立评估人确定的最高额。发起人或者董事会(监事会)违反上述要求作出的相应决议,不具有法律效力(《公司法》第34条第3款)。

　　11. 依照《俄罗斯联邦民法典》第101条和《公司法》第29条,只有根据股东大会决议才能减少公司的注册资本。在《公司法》规定的情形下,公司必须作出这一决议。只有在公司章程规定的条件下,公司才能通过收购和注销股份减少注册资本。

　　在减少公司注册资本额时,依照《公司法》第29条第1款,应根据不同情况解决其最低限额问题:

　　如果由公司提起作出的这项决议,则公司无权减少注册资本额至提交章程相应变更登记文件日《公司法》规定的最低限额(在这种情况下非其最初注册日);

　　为执行《公司法》强制性规定必须实行该项措施而减少注册资本时,不得低于依照《公司法》第26条确定的公司国家注册(成立)日的最低注册资本限额。

　　在下列情形下公司必须作出减少注册资本的决议:

　　在规定的期限内(1年以内)不能保证售出因公司发起人未缴纳股款(《公司法》第34条)、公司收购或者回购股东股份、其中也包括行使优先购买权(《俄罗斯联邦民法典》第7条第3款、第6条第1款和《公司法》第72条和第76条)而转归公司所有的股份;

　　如果第二个和每下一个财政年度结束后,公司的净资产额少于其注册资本。在这种情况下,公司的注册资本应当减少至公司的净资产价值以下(《公司法》第35条第4款)。

　　如果第二个和每下一个年度届满后,公司净资产的价值低于《公司法》

第 26 条规定的注册资本限额,公司应当作出清算的决议(《公司法》第 35 条第 5 款)。

在公司不执行《公司法》第 35 条第 4 款和第 5 款关于减少注册资本或公司清算规定的情况下,公司可以依照法院根据法人国家登记机关、拥有向法院提出此项请求权利的其他国家机关或地方自治机关的请求所作出的裁决进行清算。

与保障股东行使公司发售新股和可转股其他有价证券购买权有关的争议

12. 在解决与保障股东对公司公开发行的新股和可转股有价证券(《公司法》第 40 条和第 41 条)优先购买权的争议时,法院必须基于以下几个方面:

(1)持有普通股和优先股的公司股东,依其所持有的相应种类的股份数按比例享有优先购买权。

(2)根据股份发售决议通过日股东名册数据编制享有优先权的人员名单,股东对拒绝编入上述名单可以起诉,法院根据相关人员编入股东名册日期,可以作出强制公司将股东列入名单的裁决。

(3)股东不论以何种形式和方式(货币或非货币财产)缴纳股款,均享有优先购买权。如果发售该股份的决议规定以非货币财产缴纳股款,享有优先购买权的人有权支付货币。在这种情况下,依照《公司法》第 36 条第 2 款和第 38 条第 2 款,他们可以按照低于向他人发售的价格缴纳股款和可转股有价证券款,但不得超过 10%,并不得低于所发售新股(可转股有价证券)的票面价值。

公司无权限制或中止《公司法》第 40 条规定的股东优先权。

（4）公司必须按照《公司法》规定的通知召开股东大会的程序将能够行使新股和可转股有价证券优先购买权的事项通知列入享有这一权利人员名单中的股东，通知中应包含《公司法》第41条第1款第2项所列信息，其中包括优先权的有效期限，并自发出（交付）或者公告通知之时起不得少于45天。在上述期限结束前，公司无权向他人发售新股和可转股有价证券。在股东可以行使优先权的期限届满前公司向不享有优先权的人发售的情况下，适用1996年4月22日第39号联邦《有价证券市场法》第26条规定的保护措施。

（5）享有优先权的股东可以全部或部分行使优先权，向公司提交书面申请，并附所购股份（有价证券）款的证明文件。在提交该申请时没有一并提交股东所欲购买新股和有价证券款项缴纳证据以及超过按照《公司法》规定程序提交相应申请的期限，股东优先购买权的效力终止。

13. 公司以不公开方式发售股份和可转股有价证券时，投票反对发售方式或未对该问题参加表决的股东以其所有的该种股份数按比例享有优先购买权，股东按照《公司法》第41条第2款规定的程序提交行使优先权的申请。

在侵犯股东以不公开方式发售的股份和可转股优先购买权时，可以适用联邦《有价证券市场法》第26条规定的保护措施。

如果每一股东都能以其所有该种股份数按比例全额购买所发售的股份或可转股有价证券，则优先权不适用于仅在该公司股东间不公开发售股份和可转股有价证券的情形。

与封闭式股份公司行使股份优先购买权有关的争议

14. 在解决与封闭式公司股东（公司）对该公司其他股东股份行使优先购买权有关的争议时，必须注意以下方面：

（1）《公司法》第 7 条第 3 款第 5 项赋予股东这项权利的规则为强行性规定，因此不得以公司设立合同、公司章程或其他内部文件限制这一权利。

（2）对公司其他股东出售的股份享有优先购买权的股东可以依每一股东所拥有的股份数按比例购买这种股份，《公司法》的这一规定具有任意性，在公司章程对行使这一权利未规定其他程序时予以适用。

（3）在公司章程规定的情形下，公司对其股东出售的股份享有优先购买权。只有在该公司的股东不行使其股份优先购买权的条件下，公司才能行使上项权利。

（4）意欲向第三人出售自己股份的公司股东必须书面通知该公司的其他股东和公司，标明股份售价和其他出售条件。向股东发出通知通过公司进行，公司章程另有规定的除外。通知费用由出售自己股份的股东承担。

（5）股东，而在适当的情况下公司本身，如果同意通知中标明的价格（向第三人的报价）和条件购买提议出售的股份，可以行使股东出售股份的优先购买权。如果股东（公司）表示准备以低于向第三人的报价购买股份，或者公司参加人（公司）仅同意购买转让股份的一部分，股东有权按照向其他股东和公司发出通知中标明的价格和条件向第三人出售股份。

（6）如果股东（公司）不对提议出售的全部股份行使优先购买权，自股东通知之日起经过 2 个月或在公司章程规定的更短的期限内（但不得少于 10 天），可以将股份按照向公司及其股东发出通知中标明的价格和条件出售给第三人。

《公司法》或公司章程规定的封闭式公司行使优先购买权的期限，自公司收到出售股份的股东通知之日起计算。

如果在行使优先购买权的期限届满前收到所有股东行使该项权利的申请或拒绝行使该项权利，则行使优先权的期限终止。

（7）股东已向第三人转让其所有股份，在《公司法》（章程）规定的期限和限额内，公司股东（公司）准备按照售价支付款项，股份优先购买权受到侵犯的股东或者公司自其知道或应当知道其权利受到侵犯之日起的 3 个月内，有权按照司法程序要求将这些股份买受人的权利和义务移转给相应的利害关系人。

（8）股份优先购买权不适用股东无偿转让（根据赠与合同）或按照概括继承程序将股份转为他人所有的情形。

拥有股份优先购买权的利害关系人提出证据证明，公司参加人与第三人签订的无偿转让（赠与）合同为虚假法律行为，股份的转让实际是有偿的，按照《俄罗斯联邦民法典》第 170 条第 2 款规定，这样的合同自始无效，并依据法律行为的实质，适用调整相应合同的规则。在这种情况下，股份优先购买权受到侵犯的人可以要求向其移转买受人因与第三人实施股票交易行为所取得的权利和义务。

（9）股东（公司）的优先权只在该公司参加人通过出售转让股份时有效。

（10）依照《公司法》的规定，只有在股份所有人意欲向第三人（不是该公司的参加人）出售股份的情形下，股东（公司）才对公司参加人所转让的股份享有优先购买权。

（11）股份优先购买权不得转让。

开放式股份公司不得对公司股东所转让的股份设定公司或者其股东的优先购买权（《公司法》第 7 条第 2 款）。

与支付股利有关的争议

15. 支付（分派）股利，其中包括股利的额度和支付形式，由股东大会根据公司董事会（监事会）提案对包括优先股在内的每种股份作出决议。在无分派股利决议的情况下，公司无权支付，股东也无权要求支付股利。

从《公司法》（2002 年 10 月 31 日联邦法第 134 号文本）第 43 条第 2 款

的内容可以推定,如果没有按照公司章程所确定的股利额度对相应期间所有种类的优先股通过足额支付股利的决议,则公司无权对股利额度没有确定的普通股和优先股作出支付股利(其中包括根据一个财政年度的第一季度、半年、9个月的结果)的决议。

如果公司没有按照公司章程中所确定的股利额度作出对优先股(一种或者数种)支付股利的决议,或者作出不足额支付股利的决议,则该种股份的持有人便对股东大会职权范围内的全部事项取得表决权。如果没有根据年度总结作出足额支付股利的决议,优先股持有人股东从下一次股东大会年会开始享有表决权(《公司法》第32条第5款)。在没有根据第一季度、半年、9个月的结果按照公司章程所确定的根据上述期限结束支付股利的额度向优先股股东足额支付股利决议的情况下,相应股东自《公司法》对通过相应决议确定的3个月期限届满后的第1次会议开始,享有股东大会表决权。优先股持有人在股东大会上参加表决的权利,自第1次足额支付上述股利时起终止。

16. 股东大会决议支付(分派)的股利,应当在公司章程或股东大会决议确定的期限内支付。如果公司章程没有规定这一期限,则不得超过60日,其中包括股东大会决议确定的期限在内。

在规定期限内未支付股利的情况下,股东有权向法院起诉,向公司追索应支付给他的股利以及根据《俄罗斯联邦民法典》第395条规定的自支付股利期限结束次日起至超期履行金钱债务超期支付股利期间的利息。

17.《公司法》第43条第1—3款规定了公司无权作出支付股利决议的条件(公司存在破产特征、公司的净资产不符合《公司法》要求等)。该条第4款规定了公司无权支付分派股利的情形(在作出支付股利决议时不存在,而在股利支付期限届至前出现了该条第1—3款规定的妨碍作出决议的情况)。

适用《公司法》第43条第4款的规定法院应当注意,该款所列情形下中止支付股利并不剥夺股东在妨碍支付股利因素消除后取得分配股利的权利。在这些情况终止（消除）后，公司必须在合理的期限内向股东支付分派的股利。在该期限内未支付股利，股东有权向法院起诉追索股利，并加算自公司支付义务产生之日起至债务清偿日前超期履行金钱义务应予向其支付金额的利息（《俄罗斯联邦民法典》第 395 条）。

与股东名册登录有关的争议

18. 依照《公司法》第 44 条，公司必须自公司国家注册之时起保障股东名册的管理。名册的持有人可以是公司本身或公司与之签订名册管理合同、从事证券市场记名有价证券持有人管理活动的有价证券市场职业参加人（登记人）。超过 50 个股东的公司应当委托登记人管理名册，与其签订相应合同。人数较少的公司有权将股东名册移交给登记人管理。

19. 名册持有人根据股票票面持有人股东以及拥有登录请求权的其他人员的请求，自其提交俄罗斯联邦法律规定的文件之时起的 3 日内进行名册的登录，相应法律文件规定了更短期限的除外。

名册持有人拒绝股东名册登录，可以向法院起诉。如果名册由登记人进行管理，应当将公司和登记人（名册持有人）列为被告。

股票持有人以及请求登录股东名册的其他人员，有权向法院起诉，要求股份公司（名册持有人）必须予以名册的相应登录，其中也包括未在法定期限内登记和名册持有人未在《公司法》第 45 条规定的期限内发出标明拒绝名册登录理由通知的情形。

在名册持有人无根据拒绝或搁置相应登录的情况下，法院强制名册持有人进行必要的登录。

股份公司改组和种类变更

20. 在审理与股份公司改组有关的争议时,法院必须基于《俄罗斯联邦民法典》第104条第1款的规定,公司可以根据股东大会的决议自愿改组。公司改组的其他根据和程序,由法典和其他法律予以规定。

股份公司法确定以合并、兼并、新设分立或派生分立方式改组公司程序的条款(第16—19条),没有规定通过与其他组织形式(其中也包括有限责任公司)的法人联合或分立(派生分立)为股份公司和其他组织形式的法人对这些公司进行改组的可能性。合并或者兼并两个或两个以上的股份公司可以是为了成立更大的公司,而分立(派生分立)则是为了组建一个或几个新的股份公司。

21. 依照《公司法》第18条和第19条,在公司作出公司新设分立或派生分立的决议时,被改组公司投票反对该决议或未参加投票表决的每个股东应当取得因新设分立(派生分立)而成立的每个公司的股份,赋予这些股份的权利与其在被改组公司中所持股份相当,依其所属股份按比例享有。

在违反上述要求的情况下,股东可以向法院提起确认被改组公司股东大会决议无效之诉。

根据《公司法》第75条的规定,在公司改组的情况下,投票反对改组或者未参加投票表决的表决权股占有人股东有权要求公司回购其所有的全部或部分股份。

公司所回购的股份因其改组而注销。

如果仅回购股东部分所有股份,则他有权按照《公司法》第18条和第19条规定的条件转换(取得股份)其所剩余的股份。在回购股东全部股份的情况下,股东不再参与被改组的公司,也不能成为因改组而成立的公司的参加人。

22. 根据《俄罗斯联邦民法典》第 60 条第 3 款和《公司法》第 15 条第 2 款,法院必须注意,如果公司改组时所批准的分割财产协议不能确定被改组公司的权利承受人,由新产生的法人对被改组公司的债务承担连带责任。

如果从分割财产协议可以看出,其批准违反在被改组公司权利承受人之间分配净资产和债务的公平原则,明显损害该公司的债权人利益(《俄罗斯联邦民法典》第 6 条第 1 款和第 60 条第 3 款),则因改组所成立的公司(包括因派生分立而成立的新的公司)应当承担这一责任(连带责任)。

如果债权人起诉上述分割协议中作为权利承受人的公司,要求其承担被改组公司的债务,并在审理案件过程中查明,存在第 22 款第 2 段标明的追加其他被告作为连带债务人参加案件的问题,可以根据《俄罗斯联邦仲裁程序法典》第 46 条第 2 款,在取得原告同意的情况下由仲裁法院裁定。

23. 依照《俄罗斯联邦民法典》第 68 条第 1 款,一种资合公司可以变更为另一种资合公司。① 在这种情况下,并不排除一种法人组织形式的公司(股份公司)的相互变更:封闭式变更为开放式和开放式变更为封闭式股份公司。

在审理与一种股份公司变更为另一种股份公司有关的争议时必须考虑到,公司类型的改变并非法人改组(其法律组织形式并未改变),因此,在这种情况下,不应提出《俄罗斯联邦民法典》第 58 条第 5 款、《公司法》第 15 条第 5 款和第 20 条确定的编制交接文件、通知债权人关于股份公司类型变更的请求。在这种情况下,也不适用涉及公司改组的其他规范,其中包括赋予股东其所持有公司股份的回购请求权,如果他们投票反对变更或没有参加该事项的表决(《公司法》第 75 条)。

---

① 《俄罗斯联邦民法典》第四章“法人”共规定了 5 种公司形式,并将其分为两组,其中无限公司和两合公司称为 ХОЗЯЙСТВЕННЫЕ ТОВАРИЩЕСТВА,其股东(无限公司)或部分股东(两合公司)对公司的债务承担无限责任,强调公司的人合性,故将该组公司译为“人合公司”;而股份公司、有限责任公司和补充责任公司被称为 ХОЗЯЙСТВЕННЫЕ ОБЩЕСТВА,其股东对公司的债务不承担责任,仅承担对公司出资的风险,体现了公司的资合性,故将该组公司译为“资合公司”。——译者注

一种股份公司变更为另一种股份公司,应根据修改公司章程(确认章程新文本)和按照规定程序进行国家登记的股东大会决议进行。

立法对类似种类的改组规定了限制,其中包括:

(1)开放式股份公司变更为封闭式股份公司,所成立公司的人数不得超过 50 人(《公司法》第 7 条第 3 款);

(2)股份公司成立集团只能是开放式股份公司(《投资基金法》第 2 条第 1 款之于股份投资基金)或封闭式股份公司(《员工股份公司(人民企业)特别法律地位法》第 1 条第 2 款);

(3)参加人计划改组为开放式公司的封闭式股份公司的注册资本额不得低于《公司法》第 26 条确定的最低限额。

与认定公司管理机关决议无效有关的争议

24. 在审理认定股东大会决议无效的诉讼时应当考虑到,能够作为支持诉讼请求根据的违反《公司法》的行为包括:未及时通知(未通知)股东关于股东大会召开的日期(《公司法》第 52 条第 1 款),未向股东提供能够了解列入会议日程事项的必要信息(材料)(《公司法》第 52 条第 3 款),未及时提供表决票(《公司法》第 60 条第 2 款)等。如果违反《公司法》、其他法律文件或公司章程规定的要求损害了投票反对该决议或者未参加股东大会的股东的权利和合法利益,认定股东大会决议无效的诉讼请求应予支持。

与此同时,在解决这些争议时,如果该股东的表决不能影响表决结果,违法行为属于非实质性的,决议并未给股东造成损失,法院考虑到案件的全部情况有权维持被诉决议的效力(《公司法》第 49 条第 7 款)。只有存在所列情节的总和才能根据上述理由驳回认定股东大会决议无效的诉讼请求。

25.《公司法》第 49 条第 7 款确定的股东可以对股东大会决议向法院提起诉讼请求的期限为 6 个月,自股东知道或者应当知道通过决议之日起计算。在特殊情况下,如果法院认定自然人股东由于身体情况(重病等)而超过上述期限的理由正当,则法院可以依照《俄罗斯联邦民法典》第205条恢复这一期限。

26. 如果参加法院审理争议的双方均对股东大会决议之诉提出了自己请求或答辩的理由,在这种情况下法院确定,该决议的通过超越股东大会职权(《公司法》第48条第3款),不符合召开股东大会或通过决议的法定人数(《公司法》第49条第2款、第4款和第58条第1—3款),或者决议事项没有列入会议日程(《公司法》第49条第6款),法院应当认定该决议不具有法律效力,并依照法律规范解决这一争议,而不论是否有股东对其提出异议。

27. 对于股份公司董事会(监事会)或者执行机关(独任制或委员会制)的决议,在《公司法》规定可以提出异议的情况下(《公司法》第53条、第55条等),或者虽无规定,但决议的通过不符合《公司法》和其他法律文件规定的要求,并侵犯股东的权利和法律所保护的合法利益,可以按照司法程序对其提起认定无效之诉。该案件的被告是股份公司。

在审理认定拒绝将股东提出的事项列入股东大会会议议程或候选人列入董事会(监事会)和其他机关选举表决名单以及拒绝根据《公司法》第55条所列人员提出的请求召开临时股东大会的董事会(监事会)决议无效的案件时,必须考虑到,《公司法》第53条第5款和第55条第6款所包含的拒绝理由清单是穷尽列举的。

母公司对子公司债务的责任

28. 在解决与追究股份公司对其子公司债务承担责任有关的争议时,必须遵守《俄罗斯联邦民法典》第105条第2款和《公司法》第6条第3款的规定。

根据这些规范,有权对子公司发布强制指令的母公司,其中包括根据合同约定,对子公司为执行这些指令而签订的交易合同与子公司承担连带责任。如果由于母公司的过错导致子公司破产,母公司对子公司的债务承担补充责任。

根据《公司法》第 6 条的规定,只有在母公司存在过错的情况下,母公司才对子公司的破产债务以及给子公司造成的损失承担责任(《俄罗斯联邦民法典》第 401 条)。

与股份回购请求权有关的争议

29.根据《公司法》第 75 条的规定,如果股东大会通过改组公司、实施必须经过股东大会批准的重大交易(金额超过公司净资产值的 50%)以及对公司章程进行修改或补充(确认新的章程文本)限制股东权利的决议,投票反对通过相关决议或没有参加对该事项表决的表决权股持有人股东有权请求公司回购其所拥有的全部或者部分股份。回购股份的程序和期限,由《公司法》第 76 条确定。在拒绝或搁置按照《公司法》第 75 条和第 76 条规定的程序和期限回购股份的情况下,股东有权向法院提出强制公司回购股份的请求。

《公司法》第 75 条规定的赋予股东股份回购请求权的理由清单是穷尽列举的。联邦《员工股份公司(人民企业)特别法律地位法》规定的公司回购股份的补充理由,仅适用于该类公司的参加人。

在《公司法》第 75 条规定的情形下,普通股持有人以及依照《公司法》第 32 条(第 4—5 款)和《公司法》第 49 条(第 1 款)享有参加股东大会表决权的优先股股东,可以提起强制公司回购股份之诉。在强制股份公司回购股份的裁决中,应当标明应当回购股份的种类、数量和价格。

与签订重大交易合同和实施关联交易有关的争议

30. 依照《公司法》第 78 条,一笔交易,或者与购买、直接或者间接转让或可能转让公司财产价值超过根据最后一个结算日期的财务会计报表数据确定的公司净资产价值 50% 的相互关联的几笔交易,被视为重大交易。

《公司法》第 78 条第 1 款第 1 项所列与买卖、赠与、互换合同共同适用《公司法》第 78 条和第 79 条确定的重大交易合同订立程序的交易种类(借款、信贷、抵押、担保)清单不是穷尽列举的。如果签订交易合同的结果可能发生公司财产的转让,这些交易行为(相当数额的交易合同)还可以包括请求权让与、债务移转、向其他资合公司投资购买股份(份额)等。

公司章程可以规定公司实施交易(如签订无权回购被出租财产的租赁合同)适用《公司法》确定的重大交易合同批准程序,在审理认定这些交易行为无效的争议时,法院应当遵照《俄罗斯联邦民法典》第 174 条的规定。

《公司法》第 78 条第 1 款第 1 项规定的交易合同清单作为《公司法》确定的签订重大交易合同规则的例外,为穷尽列举的。

在日常经营活动过程中所实施的交易行为包括公司购买为开展生产经营活动所必须的原材料、销售制成品、为日常业务开支而取得贷款(例如,为零售而批量购买商品)。

31. 在解决该交易是否为重大交易行为时,其数额应当根据所购买或者转让的财产(抵押、作为注册资本出资等)价值,请求未履行或未适当履行义务的一方支付的附加额(违约金、罚款、罚金)不予计算。在转让或可能转让财产的情况下,以会计报表数据所确定的该财产价值与公司的净资产值相比;而在购买财产的情况下,则以购买价格相比。

32. 在解决涉及重大交易合同的争议时必须注意,根据《公司法》第 79条第 2 款的规定,交易对象的财产价值为公司净资产的 25% 至 50% 时,批准决议应当由公司董事会(监事会)全体董事一致表决通过,离任董事的表决数不予计算。其中由股东大会决议提前终止职权的董事会(监事会)董事为离任董事(《公司法》第48条第1款第4项)。如果董事会(监事会)对实施该交易未达成一致意见,董事会可以将该事项提交股东大会审议。在这种情况下,批准重大交易合同的决议由出席会议的表决权持有人股东的过半数通过。

交易合同对象的财产价值超过公司净资产50%的重大交易,只能由股东大会作出决议,并经出席会议的表决权股持有人股东3/4以上表决权的多数通过。

33. 在解决涉及公司与《公司法》第81条第1款第1项所列关联人实施的交易合同的争议时必须考虑到,《公司法》规定的实施这些交易的规则亦适用于存在该款第2项所列的情形,具体包括:上述人员、《公司法》所标明的上述人员的亲属(家庭成员)或实际控制人为交易合同的一方、受益人、中间人或代理人;上述人员之一为该交易合同一方法人20%股份(份额、股票)的持有人(单独或者合计持有)、受益人、中间人或代理人;上述人员之一在参与实施交易合同一方的法人管理机关中任职,或者作为受益人以及在该法人管理组织的管理机关中任职。

认定交易具有《公司法》第81条所标明的特征,在实施该交易合同时相关人员必须具有关联性。

34. 依照《公司法》第81条第1款,实施关联交易应当在实施之前经公司董事会(监事会)或者股东大会批准。

如果根据最后结算日期的会计报表数据,一笔交易合同(几笔相互关联的交易合同)金额低于公司净资产价值的2%,以及如果根据这笔交易公司所发售或出售的普通股或发售可转换为普通股份的有价证券低于《公司法》第83条第4款标明的数额,董事会(监事会)有权作出批准实施交易的决议。

　　表决权股持有人股东人数不超过 1000 的公司,批准实施关联交易的决议由董事会(监事会)非关联董事的过半数通过,但这些董事的人数应符合召开董事会会议必备的法定人数。

　　表决权股持有人股东超过 1000 的公司,批准关联交易的决议由与实施交易没有关联关系的独立董事的过半数通过(《公司法》第 83 条第 3 款)。

　　表决权股持有人股东不超过 1000 的公司,如果无关联关系董事人数不足公司章程确定的召开董事会(监事会)会议必备的法定人数,或者股东人数超过 1000 的公司,如果董事会全体董事均被认定为具有关联关系,而非独立董事,交易合同按照《公司法》第 83 条第 4 款规定的程序由公司股东大会决议批准。

　　公司股东大会的职权包括批准交易对象的财产价值根据最后结算日期的会计报表数据公司净资产值的 2% 以上的一笔交易(几笔相互关联的交易)合同,以募集方式发售或销售普通股或发售可转换为普通股的有价证券,其数额超过此前公司所发售普通股的 2% 的交易合同,以及因不足法定人数(股东不足 1000 的公司)或没有独立董事(表决权股持有人股东人数超过 1000 的公司)不能由董事会(监事会)通过决议批准的交易合同。

　　股东大会批准实施关联交易合同的决议,由表决权股持有人全体非关联关系股东(不仅是出席会议的股东)的过半数通过。

　　公司董事会(监事会)或者股东大会所通过的批准交易合同的决议,应标明作为交易方(双方)、受益人、价格、交易合同对象和其他实质条件。

　　35.《公司法》第 81 条第 2 款所包含的《公司法》第十一章有关不适用预先批准关联交易的情形是穷尽列举的。

　　在日常经营活动过程中所签订的具有《公司法》第 81 条第 1 款所列特征的交易合同,如果交易条件与公司和关联人之间此前日常经营活动过程所实施的交易并无本质的不同,则不适用《公司法》有关批准交易合同的规定。该例外仅在下次股东大会召开前有效。

依照《公司法》第 83 条第 6 款,股东大会有权通过批准公司与关联人之间在未来日常经营活动过程中进行交易的决议。在该决议中应标明未来交易的最高限额。决议的效力持续至下一次股东大会年会召开前。

股东大会关于公司与关联人在未来实施交易的决议也适用于经股东大会同意签订的交易合同(《公司法》第 83 条第 4 款)以及根据公司董事会(监事会)决议实施的交易合同(《公司法》第 83 条第 2 款和第 3 款),股东大会决议另有规定的除外。

《公司法》第 83 条第 6 款有关批准实施关联交易的规定,适用于公司与《公司法》第 81 条第 1 款第 2 项所列的关联人或其他法人和自然人所签订的交易合同。

36. 违反法律规定而签订的重大交易合同和关联交易合同,可以根据公司或股东的诉讼请求而认定无效(《公司法》第 79 条第 6 款和第 84 条第 1 款)。认定交易合同无效和适用无效后果的诉讼请求,可以在《俄罗斯联邦民法典》第 181 条第 2 款规定的期限内提出。

股东的其他诉讼争议

37. 在审理因股东诉讼而发生的争议时必须注意,股东在立法规定的情形下可以提起诉讼。

依照《公司法》第 6 条第 3 款,子公司的股东有权起诉母公司,要求母公司赔偿因其过错给该公司造成的损失。

根据《公司法》第 71 条第 5 款的规定,单独或者合计持有 1% 以上普通股的股东有权对公司董事会(监事会)董事、独任制公司执行机关(经理、总经理)、委员会制执行机关(管理处、经理室)成员以及管理组织或管理人向法院提起诉讼,要求赔偿因其过错行为(不作为)给公司造成的损失。

股东还有权根据《俄罗斯联邦民法典》第 175 条的规定提起交易合同无

效之诉。

38. 本决议所列情形下股东(其中包括自然人股东)所提起的诉讼,应当由仲裁法院依照《俄罗斯联邦仲裁程序法典》进行审理。

股东提起的认定股份公司所签交易合同无效之诉,可在提出证明侵犯股东权利和合法利益的情形下予以支持。

俄罗斯联邦最高仲裁法院院长:B.Ф.雅科夫列夫
俄罗斯联邦最高仲裁法院法官、全体会议秘书:A.C.科兹洛娃

《植物生物学》
习题手册

主编 余超波 吴春红

经济科学出版社
Economic Science Press